落語《らくご》三昧《ざんまい》！

古典落語／名作◉名演◉トリヴィア集

著者：柳亭市馬／瀧川鯉昇／柳家花緑／古今亭菊之丞／三遊亭兼好／古今亭文菊

目次

開口一番

加藤威史（「映画 立川談志」監督・本書「落語三昧」編集）

ええ〜、本書「落語三昧！」を手にとって頂き、誠にありがとうございます。まえがきとしての開口一番でございます。

落語会ではよく開演しますってぇと、前座さんが高座に出てきまして、「携帯電話など音の鳴るものの電源はお切り下さい」なんてぇ喋りはじめますが、本作は活字の本なんで大声で歌いながら読まれても結構です。だかといって、静かな図書館で歌いながら読むのは駄目ですからねぇ。また、音声配信の落語を聴こうと思ったら、逆に、スマートフォンのスイッチを入れて、ＱＲコードスキャナーってぇのを立ち上げねぇと、配信ページに接続できませんので、ご注意ください。

それと、そんな人は居ないと思うんですが、万一ですよ、本屋で立ち読みをしてる人で、ＱＲコードだけスキャンして、本を買わずに帰るってぇのは……、どうぞご勘弁ください。

あとねぇ、落語に出てくる言葉、言い回しや固有名詞が、「大好きなあの師匠の録音と違う」とか、「あの名人の速記本と違う」ってぇ苦情も、……お気持ちは分かるンですが、なんせぇねぇ、落語は伝承芸能・口伝でしょ？　伝えられた噺家が、工夫したり変えたりするンで、これもご勘弁を……。

この先は、口調をかえて真面目に「おことわり」ってぇのを語りますンで、ひとつ宜しくお願いします。

編集部よりのおことわり

◆本書は、口演された落語を書籍化するにあたり、文章としての読みやすさを考慮して、大幅な省略、全編にわたり加筆修正いたしました。
◆本書は、若い読者には馴染みの薄い〳〵を使用せずに、歌のはじめなどに置かれる記号は、♪を使用しました。予めご了承ください。
◆本書は書籍化にあたり、頁数の都合で各演目の時事ネタ的な「まくら」は省略しました。配信音声は、ノーカット音源をご用意しておりますので、「まくら」も楽しみたい人は、どうぞ音声配信でお楽しみください。
◆本書に登場する実在の人物名・団体名については、各著作者に確認の上、一部を編集部の責任において修正しております。予めご了承ください。
◆本書の中で使用される言葉の中には、今日の人権擁護の見地に照らして不当・不適切と思われる語句や表現が用いられている箇所がございますが、差別を助長する意図を持って使用された表現ではないこと、また、古典落語の世界観及び伝統芸能のオリジナル性を活写する上で、これらの言葉の使用は認めざるえなかったことを鑑みて、一部を編集部の責任において改めるにとどめております。

QRコードをスマホで読み込む方法

■ 特典頁のQRコードを読み込むには、専用のアプリが必要です。機種によっては最初からインストールされているものもありますから、確認してみてください。

■ お手持ちのスマホにQRコード読み取りアプリがなければ、iPhoneは「App Store」から、Androidは「Google play」からインストールしてください。「QRコード」や「バーコード」などで検索すると多くの無料アプリが見つかります。アプリによってはQRコードの読み取りが上手くいかない場合がありますので、いくつか選んでインストールしてください。

■ アプリを起動すると、カメラの撮影モードになる機種が多いと思いますが、それ以外のアプリの場合、QRコードの読み込みといった名前のメニューがあると思いますので、そちらをタップしてください。

■ 次に、画面内に大きな四角の枠が表示されます。その枠内に収まるようにQRコードを映してください。上手に読み込むコツは、枠内に大きめに納めること、被写体との距離を調節してピントを合わせることです。

■ 読み取れない場合は、QRコードが四角い枠からはみ出さないように、かつ大きめに、ピントを合わせて映してください。それと、手ぶれも読み取りにくくなる原因ですので、なるべくスマホを動かさないようにしてください。

菊之丞 明烏

『明烏』 古今亭菊之丞

2012年12月3日　日本橋社会教育会館
DOURAKUTEI 出張寄席
古今亭菊之丞・三遊亭兼好 二人会「笑」
〜今回はそれぞれ「廓噺」とプラスワン〜 より
協力：道楽亭 Ryu's Bar

パスワード　20121203

『明烏』

この噺は今風にまとめると、「騙されて吉原に連れて来られたお堅い若旦那が、花魁と初体験を経て、大人の男になりました」という大変色香のある古典落語です。戦時中は、時局柄ふさわしくない演目として、自粛対象の〝禁演落語〟に指定されて、〝はなし塚〟に葬られた時期もありました。

本書に収めた『明烏』は、古今亭菊之丞師匠が落語会の主催者から「廓噺を」というリクエストに答えたもので、元々歌舞伎の女形の様な容貌の菊之丞師が、恥らう初心な若旦那の所作を、色香たっぷりに演じています。映像でご覧になりたい方は、同一高座が弊社からＤＶＤでも発売されていますので、是非そちらも宜しくお願いします。

名人・八代目桂文楽の代表作の一つの『明烏』――この手の昔ながらの古典落語を聴きたい方には、菊之丞師の高座がお薦めです。

※音声配信の『明烏』は、２０１２年７月に発売したＤＶＤ「古今亭菊之丞落語集　明烏／二番煎じ」（ＴＳＤＳ-７５５５０）の音声部分を二次使用したものです。予めご了承下さい。

『明烏』　古今亭菊之丞

どんな堅物の男でも、吉原の里に参りますと、ちゃーんと、このグニャグニャに軟らかぁーくして帰してくれるという、誠に結構な処だったそうでございますが、

「どうしたい、婆さん。倅《せがれ》は、えっー？　出掛けた。へーえ、珍しいこともあるもんだ。いや、しかし、うちの倅にも弱ったもんだねぇ、ああ堅くっちゃぁ、……えっ？　結構だ？　何が、結構なことがあるもんかい。そりゃぁ、堅いのは結構ですよ。堅いのは結構だけどもね、堅過ぎるってのは、いけないよ。まあ、焼き冷ましの餅みてえに、コチコチだあなぁ。今だから、婆さんの前で話をするがね。わたしが若い時分に町へパァーンと立ってみなぁ、わたしがトォーンって立った途端に世間の女がウワァッーって傍に寄ってきたもンだよ。……もっとも、その時はビラ配ってたんだ。一間《ひとま》に籠《こも》っちゃあ、本ばかり、えっ。あの『論語』ってぇのかい？　『子曰く《しのたまわく》』、『子、曰く』、火《し》の玉食《たまく》うって言うから、少しは赤くなるかと思ったら、青い顔してやんの。全く、あたしは情けないと、ええ？　どうしたい？　うん。倅が、帰ってきた？　倅か？　こっちへ、お入り」

「あの、無断で外出いたしました、相《あい》すみません。あの、本を読んでおりましたら、急

に頭が痛くなってまいりましたんで、表へ出て遊《あす》んでおりまして、遅くなりました。相すみません」

「いやぁ、結構、結構。うーん、お前はなるたけ外へ出て、遊ぶ様にしなくちゃあいけませんよ、うん。もういっぺん、行って来な」

「いえ、いえ、いえ。未だ、本の読みかけがございますンで、これから、また本を」

「いやねぇ、おまえねぇ、そりゃ、本も結構、勉強も大事だけど、おまえみたいに、そうやって、一間に篭って本ばかり読んでちゃしまいには身体壊すよ。遊びに行って来たって？　一体どこへ行って来た？」

「今日は、横丁のお稲荷さんへ行って参りました。何ですか、今日は初午《はつうま》なんだそうでございます。ご近所の方が大勢出ておりました」

「あっ！　そうかい、いやぁ、あたしも行かなくちゃぁいけなかったンだ。そうかい、すっかり忘れてたなぁ。どんな具合だったたい？」

「ええ、近所の子供が大勢出て太鼓叩いて遊んでおりましたので、あたしも一緒になって太鼓叩いて遊んだんです」

「……二十歳になって、子供一緒に太鼓叩いて遊んでたのかい、おまえは。それで？」

「ええ、で、あの、酒屋の番頭さんが、『若旦那、お酒、飲みませんか？』って言いますから、『わたし、お酒、嫌いです』って、そう言ったの。『じゃあ、おいなりさん食べますか』、『あたし、おいなりさんだったら、大好物です』ってンで、こんな大きなおいなりさん、五つ、お代わりしまして」

「あー、いい若けえ者《もん》のするこっちゃねえや、全く。じゃあ、おまえ何か、子供と太鼓叩いて、稲荷寿司を食べて遊んでたのか？　それで？」

「ええ、で、帰りがけに源兵衛さんと太助さんが、『若旦那、これから、あの、浅草の観音様の裏っ手にあるお稲荷さんに、お籠《こも》りにいくんだが、若旦那、たいそう霊験あらたかなお稲荷さんだから、一緒にお籠りに行きませんか？』って、誘われたンでございますが、あたしもその、浅草の観音様の裏っ手にあるお稲荷さんってのに、その、お籠りに行っても、よろしゅうございますかしら？」

「ええー、浅草の観音様の裏っ手に、はて、そんなお稲荷さんがあったかね？　……あっ、ある。あるある。あそこのお稲荷さんは霊験あらたかだ。おとっつぁんも、若い時分には、ずいぶんお籠りしたことがあるよ。あんまりお籠りし過ぎて、親父に勘当されそうなこともあったけどなあ、あの二人から、そんな話が、出たかい？　ああ、是非行ってきな、行ってきな」

「え、で、あの、お籠りってぇ言うぐらいでございますから、向うに泊まるンでございますから、あの、寝巻《かいま》きとか、持って行くんですか？」

「何だい、その寝巻きってぇのは。そんなものはね持って行かなくても、向うにちゃんと揃えてある。だけどおまえね、その着物《なり》で行っちゃいけませんよ。あのお稲荷さんってのは、着物が悪いって言うとご利益《りやく》が薄いんだから。婆さん、ちょいと、綺麗な着物を出してやっておくれ。えっ？……何が？　いいんだよ、出してやるほうが。それから、あのお稲荷さんは、お賽銭が少なくてもご利益が薄いからね、どっさり小遣い持たせてやんな。それから、そのお賽銭を、いいかい、そっくり使って来るんだよ。ちょっと残してくるようなことがあると、ご利益が薄いからな。それから途中でな、皆さん、中継《なかつ》ぎってぇのをするからなぁ」

「何ですか、その中継ぎ」

「う、うん、まあな、どっか上がって、一杯飲むんだ」

「はあ、お水？」

「お水じゃないよ、お酒だ」

「お酒！　お酒はいけません、あたし、お酒は苦手……」

「いやあ、おまえ、そうじゃないよ。おまえだって、もう、二十歳になったんだろ。これから、商売のことを考えるについちゃあ、どこの芸者は、どういう芸が十八番《おはこ》とか、この料理屋はどういうものを食わせるとか、おまえもそろそろ覚えてくンなくちゃ困るよ。だからさ、飲めないって言ったって何だろ、お猪口《ちょこ》に一杯は飲めるンだろ？　だからものは付き合いなんだから、お猪口に一杯は頂いて、あとどんなに注がれても、飲むふりをして杯洗《はいせん》に捨ててしまえばそれでいいんだよ。それからな、途中で手を叩いて、『女中《ねえ》さん、勘定』なんてぇのは、おまえの年じゃ、まだ気障《きざ》にあたるからな、便所《はばかり》にいくふりをして、裏階段から表の帳場へまわって、三人分の勘定をおまえが一手に払ってしまいなさい」

「あたくしがっ！　みんな払うんですか？　じゃぁ、あとで帳面に付けておきまして、皆さんから割り前を頂戴する」

「割り前なんぞ、頂戴しちゃいけない。えっ、あの源兵衛と太助ってのは、ありゃ、町内の札付きの悪だ。うーん、そんなことをしたら、あとが怖いよ。いいかい？　わかったかい？」

「へえ、じゃぁ、あのう、行ってまいります」

「おっ、気をつけて行くんだよ、いいかい？」


「おい、源さん、もう、行こうよ。あの堅物、来ねえだろ」

「それが来るンだよ」

「来る？」

「来るンだよ。やあ、この間、あそこの大旦那に会ったンだよ。『お宅の若旦那は、固くって結構でござんすね』って言ったら、そうじゃねえって。堅過ぎるってンだよ。

かぁー、親なんてもんはつまらねえもんだと思ってよぅ。だって、そうだろう、おめえ。倅が固いって言っちゃあ、悩んでよ。軟らけえって言っちゃ、考えてやンだ。『我家《うち》の倅もひとつ、女郎買いが出来ねえようじゃしょうがねえから、おまえさん方でひとつ連れ出してくれ』って、こう言うんだよ、おめえ。いい親父じゃねえか、おめえ。おれ、そういう親父、二、三人欲しいと思ってるくらいだよ（笑）。うーん、だからおれは来るんじゃねえかと、オイ、噂すれば影だよ。向うから来る。

ちょいとー！　坊ちゃーん、こっちこっち、こっちですよ」

「はぁ、どうも、遅くなりました。相すみません。あの、直ぐ出て来ようかと思ったんでございますが、出掛けになりまして我家《うち》の親父が、あのお稲荷さんは着物《なり》が悪いってと、ご利益が薄いなんて申しまして、着替えておりまして遅くなりまして相すみません」

「おい、聞いたかい？　着物《なり》が悪いとご利益薄いって、……また、ご利益あるねえ、この着物《なり》は。そこいくと、おれたちは、これご利益薄いなあ、こりゃぁ。じゃあ、若旦那、早速出掛けましょう」

「ちょ、ちょっとお待ちください。あの、あなた方、途中で、中継ぎってぇのをするでしょう？」

「おっ、怖いね。何か知ってるよ。まあ、どっかあがってねえ、軽く一杯やりやす」

「あの、あたし、お酒は苦手でございますんで、たんとはいただけません。でも、ものは付き合いでございますんで、お猪口に一杯は頂戴いたします。でも、あと、どんなに注がれても、飲むふりをして杯洗に捨ててしまいます」（笑）

「いや、そりゃ勿体無いよ。下戸は下戸で、他に食うもんだって何だってあるんですから」

「ええ、それから、途中で手を叩いて、『女中《ねえ》さん、勘定』なんて言うのは、あたくしの年では、まだ気障にあたりますので、便所《はばかり》行くふりして、裏階段から表の帳場にまわって、三人分の勘定をあたしが一手に払ってしまいます。あたしが払うんです」

「親父に言われたとおりに言っているよ、この人たぁ。若旦那、そんな勘定なんて、はばかりながら、この源兵衛と太助がついてんすから、勘定のことなんぞ、こっちへドンと任してやっておくんねえ」

「いいえ、あなた方に勘定されたら、あとが怖い。あなた方、町内の札付きの悪だ」

（笑）

「怖いよ、おい（笑）。……じゃ、ひとつ、出掛けましょう」

なんてって、さあ、これから、どっかで一杯呑《や》りまして、頬をぽっーと赤く染めて、表へ出てまいります。

もう、土手へかかるってえと、一杯の人でございまして、

「ああ、大勢の人でございますね。これ、みんなお籠りへ行く方々なんですか？」

「へえっ?　ええ、えー、まあ、お籠りばかりとは限らねえんですよ。まあ、中にはちょんの間ってのがいるんですねえ」（笑）

「何ですか?　そのちょんの間」

「ううん、まあ、二、三度お参りに行っているうちに、分かるようになりますよ」

「ああ、そうですか、へぇー、あの向うに門みたいなものが見えてまいりますが、あれは何《なん》?」

「ええ、へっ!　門?　あー、あれ、えーと、あっ、あれは何ですよ、このお稲荷さんの鳥居なんでございますよ」

「鳥居なんですか、へぇー。普通、お稲荷さんの鳥居ってのは赤く塗ってあるもんですけど、これは黒く塗ってある」

「ええ、ええ、まあ。大門《おおもん》って言いやしてね」

「えっ?　大門?　ここだったんですか、大門ってのは。わたし何かの書物で読んだことがありますよ。ええ、何かの書物」

「うーん、書物かどうかわかりませんがね（笑）。とにかく中へはいりやしょう」

「まあ、とにかく中も賑やか……、あの向うから三味線の音が聴こえてまいりますけど、あの三味線……」

「あっ、あの三味線でもってね、このお稲荷さんを慰めているんでございますよ」

「三味線でもって慰める……、まあ、変わったお稲荷さんなんですね」

「変わってるんで、こんな変わったお稲荷さん、他にありゃしませんよ。なあ、太助?」

「あああ、あと品川にある」(笑)

「余計なこと言うんじゃねえ、馬鹿野郎。えっ? 坊ちゃんどうしたの? えっ? 便所《はばかり》? そこ、汚れているから気をつけなさいよ。折角の着物、汚しちゃうといけねえから。大丈夫ですよ、他なんぞ行きやしませんから、ちゃんとここで待ってやすから。ええ、ゆっくり、やってらっしゃい。

へっへっへ、どうだい。若旦那、初心《うぶ》だねえ。大門くぐって、ここが吉原だって分からねえって、いいじゃねえか。こうなったらよ、あの若旦那、花魁《おいらん》と寝かしちゃうまで、ここを吉原だって思わしたくねえじゃないか、なあ? おれ、ちょいと先行って、女将《おかみ》と掛け合って来るからよ、若旦那、便所から出て来て、『あそこは何をするとこ』だって、訊かれたらよ。『今晩のお籠りのことを頼むとこですよ』、とか言って連れ出して……。おい、いいか、おれがいいって言うまで、入《へえ》って来ちゃいけねえぞ。先に行ってるからな」

「こんばんは、女将、いるかい? こんばんは、女将」

「はーい、どち、あらまぁ、誰かと思ったら、源兵衛さんじゃございませんの。まあ、ちょっともお見えがございません。またどこかでもって、浮気なんかしてるんでございません？」

「いやいや、浮気なんぞしやしねえけどさぁ。今日はちょっと折り入って、女将にお願《ねげ》えしたいことがある」

「また、嫌ですよ、何です。はいはい、……はいはい。あらっ……、まあ……。あらっ！んまぁ、……ちょいと（笑）、あらっ、まっ」

「何にも喋ってねえや、おれは（爆笑）。ちょいと耳貸して、耳を」

「あら、あたしの耳を、どっちの耳？」

「いや、どっちだって構わねえンだ。出来れば、なるたけ聴こえるほうを貸してもらいてぇんだ。実は」

「はいはいはい、なんです？　はぁ、はぁ、存じておりますよ。ねえ、……まあ？二十歳を過ぎて、遊びを知らない？　まあ、今時、そんな方がいらっしゃるでござんすかね？　はい、はい、今日、ここを、はい？　お稲荷さんのお籠りと言って騙した。まあ、はっはっは、可笑しいじゃありませんの。はい、で、ここにいる女の子が、みんな、……巫女《おみこ》さんって。はい、で、あたしがここの巫女頭《おみこがしら》、嫌ですよ、そんな、馬鹿馬鹿しい。そんなことが知れたら……、何が？　旦那もご承知？　……はあ、それなら構いません」

「じゃあ、女将、頼んだよ」

「はいはい、かしこまりました」

「坊ちゃーん、こっちこっち、こっちですよ」

「はぁ、太助さん、あそこは一体何をするとこなんです」

「ええ、今晩のお籠りのことをね、頼むとこなんですよ」

「はあー、そうなんですか」

「さあ、坊ちゃん、いいからこっちへ入《はい》ンねえ、ねえ、いいから遠慮することねえ。おおい、太助、いいからおまえ、こっち来い。……えー、若旦那ねえ、こちらにいらっしゃるこの女の人、これがこちらの〝巫女頭《おみこがしら》〟でござんす（笑）。若旦那からひとつ、今晩のお籠りのことを頼んでやってください」

「わたくしがお願いをして、構いませんか。そうですか、へえ、わかりました。お初にお目にかかります。わたくし、日本橋田所町三丁目日向屋《ひゅうがや》半兵衛の倅で時次郎《ときじろう》と申します。今晩は、三名にてお籠りにあがりました。どうぞ、よろしくお引き回しのほどを、お願いいたします」

「嫌ですよ、そんなあらたまった挨拶されちゃあ、こっちが極《き》まりが悪いじゃありませんか。さあ、どうぞ、お顔をお上げなすっておくんなさいまし。お顔、……あらあら、まあまあ、端正《きれい》な方じゃございませんの、まあ。これじゃあ、さぞ、ほほほ、お稲荷さんもおよろこびのことでございましょう（笑）。さあ、どうぞ、おあがりを」

なんてンで、さあ、これからトントントントンと幅の広い梯子段をあがっていって、二

階でもって煙草《いっぷく》つけてるっと、

「へいどうも、お待ちどう様でございます」

ってていう、若え衆の提灯でもって送られてったンだそうで。さあ、妓楼《むこう》へ着くってっと、もう大変でございまして、式台《しきだい》なんか毎日磨いてありますから、顔が写りそう。そこへ、赤い鼻緒の麻裏草履《あさうらぞうり》が乗せてございまして、これをつっかけて、トントントントーン、二階にあがるときには、もう、世の中のつまらねえことなんざ、すっかり忘れちゃう（笑）。えーい、二階へあがりきるってえと、幅の広い廊下《しろ》が、ずうーっと続いておりまして、ここを文金《ぶんきん》ですとか、赤熊《しゃぐま》、立兵庫《たてひょうご》なんて頭に結った女の人が、派手な履物《はきもの》を引っ掛けまして、素足に厚い草履を引っ掛けて、パターリ、パタリ、歩いてる姿を見ますれば、これはどんな堅物でも、ここがお稲荷さんではないぐらいなことは分かりますンで（笑）。

「あああ、はぁぁぁ、源兵衛さぁーん！」

「ああ、びっくりした！　おい。だめだよ、廊下で大きな声だしちゃあ。どうしたの？」

「ここは……お稲荷さんじゃありませんね」

「いえいえいえ、ここはお稲荷さん」

「じゃ、じゃ、じゃ、あの女の人は何です？　あの女の人は？」

「えー？　女の人？　どれ？　ああ、あれぇ。実は、ここはね、弁天様も兼ねている」

「何を言ってンですよ！　ここ吉原ってところですよ。あたしちゃんと書物で読んで、知ってるんですから、書物で」

「なんだ、みんな書物だね、おまえさんは」（笑）

「お稲荷さんのお籠りなんて言って、騙して。あたし、こんなとこで遊ぶわけにはまいりませんから。あたし、帰ります！　あたし、断固帰る」

「そんな断固だなんて、難しい言葉使っちゃいけねえンだ。あなただって、二十歳になったんでござんしょう？　遊郭《こういう》とこで遊んだってもねえ、何かの話のタネになります」

「何を言ってるんですよ。昔から言うじゃありませんか、〝父母《ふぼ》在わしますときには、遠く遊ばず〟と申しまして」

「ちょちょちょ、難しいことは、分からない（笑）。おまえさんの、今、父母ってこと言いますがね。こっちは、おたくの大旦那に頼まれたンだよ。『我家《うち》の倅も、二十歳過ぎて女郎買いひとつも出来ねえようじゃ、しょうがねえから、おまえさん方で連れ出してくれ』こっちは、おたくの大旦那に頼まれた」

「何を言ってるんですよぅ。我家《うち》の親父は、ああいう人間ですから、何を言い出すか、わかりません。それをあなた方、真に受けて。あたしをかような泥沼に足を引きずりこんで」

「ちょちょい、ちょいちょいちょい。……弱っちゃったなぁ、おい。廊下で泣かれちゃ困る。おいおい、源さん、おめえさんから若旦那、引《し》き止めるようによう、なんか、こう、言っておくれよ」

「ていっ！　フン、何を言ってやがんだ、馬鹿野郎。えー、どんだけの世話になってるわけじゃあるめえし、こっちは幇間《たいこもち》で来てんじゃねえんだ。若旦那、帰《けえ》る。ああ、お帰んなさい、お帰んなさい。

お帰んなさいだけどね、若旦那、この吉原には吉原なりの、ちゃぁーんとした法、規則ってのがあるの知ってて言ってのか、若旦那。知らねえ？　知らねえからそんなこと言ってやんだ。

今、大門ってとこ、潜って来やしたねぇ。あの大門の脇に、髭生やした怖《こえ》えおじさんが一人立ってたの、若旦那、見なかった？　見なかった、ああー、そりゃ、見落としたんだ。あの怖えおじさんなる者が、何時何時《いつなんどき》この大門を通ったか、ちゃぁーんと帳面に認《したた》めてるンでぇ。三人で来て、今頃、一人でのこのこ帰ってごらんなさい。『おっ、三人で来て、一人で帰る？　あっ、こいつは胡散臭《うさんくさ》い野郎だな』ってんでねえ、大門のとこで、グルグルに縛られちまうてぇのが、この吉原の規則だ。なあ、太助？」

「……そんなこと、あった？」（笑）

「よせ、この野郎。三人で来てンだ。三人でよう。三人で来てて一人で帰《け》えりゃあ、大門で縛られるだろうよ」

「おれ、初耳」

「あっ（笑）、この野郎、友だちげえの無《ね》え奴だな、おれの目を見ろ、おれの目を。三人で来てんだよ、三人で。なあ、三人で来ていて、一人で帰えりゃあ、大門で縛られるだろうよぅ！」

「はっ、ああああ。ガッテン、ガッテン」（笑）

「馬鹿だね、こいつは。今頃気がつきやがった。大門《あそこ》で縛られたら、しばらくは帰さねえ」

「帰しませんとも、こないだなんかもう元禄時分から縛られている奴が」（笑）

「そんなに縛られている奴があるかい。さあ、若旦那、それでよかったらねえ、とっとお帰んねえ！」

「わたしは縄目にかかるわけにはいきませんから。じゃあ、大門のところまでわたしを送ってください。そして、わたし一人でパアッーって駆け出して帰りますから」

「冗談じゃない、こうなったら、こっちは意固地だよ。こうなったら、こっちはね、半月ばかり逗留」

「それじゃあ、帰れないじゃありませんか！」

「泣かすな、馬鹿野郎。若旦那、冗談、まあまあまあ、あっしの話を、ねっ？　若旦那。あっしの話を聞いてください。

これからねえ、いいですか？　部屋に入りますよ。これから部屋に入って、そうすると、芸者、幇間繰り込んできて、ドンチャンドンチャン騒ぎまさぁ、ねえ。で、これで、酒がこれでおつもり、ねえ、若旦那、酒がこれでおしまいとなったら、三人でツッと帰ろうじゃありませんかねえ、若旦那。……ものは、付き合いだよ。そのぐらいのことは、付き合ってくれても、よろしいンじゃござんせんかね？」

「またお酒ですか。じゃあ、お付き合いいたしますけど、さっきみたいに小っちゃいものでチビチビ呑《や》ってたら、はかが行きませんから大きなものでガブガブ呑《や》ってください！　いいたらいいか何かでぇ」

なんてンで、大変な騒ぎでございまして、

「おい、源さん」

「何だい？」

「何だいじゃないよ。何だ、この座敷は？」

「何が」

「何がじゃないよ。こんだけの酒肴《さけさかな》が並んでてよう。こんだけ芸者衆も並んでて、ちっとも盛りあがらねえってのは（笑）。普通だったら、都都逸《どどいつ》のまわしっこや何か、かっぽれのひとつなんかって、『ヨウ、ヨウ、ヨウ』ってのがあるよ。まるで盛りあがらねえ。

あの若旦那、嫌《や》だねぇー、あれ。さっきから壁ぇ向かってメソメソ泣き通しだよ

（笑）。女郎買いに来たようじゃねぇね。お通夜だよ、まるで。お袋が死んだって、ああ泣けるもんじゃないよ、本当に。咳き込んでやんの。『エッ、エッ』なんて言ってやがる（笑）。あんなの見てたら、酒だって不味くてしゃぁねえや。

あー、女将、早くあの若旦那よう、駄々っ子、片付けちゃってくれよ」

「はいはい、分かっております、万事、わたくしに。

さあ、若旦那、いけませんよ。あなたがここにおりますとねぇ、もう、源兵衛さんと太助さん意地悪ですから、いつまでも飲んでますからね。さあ、お部屋のほうの仕度も出来てるンでございます」

「何を言ってるンですよ。こっち、来ないでくださいよ。傍へ来ないでください」

「そんなこと言わないで、ねっ。もう、お部屋には花魁もお待ちかねなんです」

「何を言ってンですよ、こっち来ないで下さいよ。ほんと、こっちへ来るなったら、本当に、こっちへ寄るな！　傍へ来るな！　フッ」

「吹いたって駄目です」

「あなた方、こんなとこで遊んで、何が面白いンですか？　四十の五十の重箱みたいに年ばかり重ねて、こんなとこで遊んで何が面白いンですか？　いいですか、昔、日蓮上人《にちれんしょうにん》という方は、四十の年には佐渡へ流されて難行苦行」

「よそうよー」（笑）

「女郎屋の二階で聞くセリフじゃねえなぁ、ほんとに。女将、いいから片付けちゃってくれ」

「はい、わかりました。さあ、若旦那、こっちへいらっしゃい」

「手なんぞ引っ張っちゃいけない！　おっかさぁ〜ん！」

なんてンで、まあ、女郎屋《じょろうや》の二階で〝おっかさん〟なんぞ叫んだって仕方ないんですが、そこは餅は餅屋で上手いこと誤魔化してしまう。

えー、〝女郎買《じょろうか》い、フラれた奴が起こし番〟上手いこと言ってございまして、あの吉原《さと》にまいりまして、朝早く他人《ひと》の部屋をガラガラ開けてる人に、あんまりいい成績の方はいなかったそうでございまして、

「おはよう」

「おはよう」

「どうだい昨夜《ゆんべ》、えっ、女郎《おんな》来たかい？」

「……ああ、来たよ」

「ん、来たんなら、もっと嬉しそうな顔しろよ。『今晩は、寝かしませんわよ』なんか、言われたじゃんかよう」

「ん、まあまあ、寝かさねえには、寝かさねえなぁ」

「だったら、いいじゃねえ」

「んなあ、よかねえんだよ、ええー。女郎《おんな》、宵のうちチラッと面《つら》見せるってぇと、『あたし、ちょいと便所《はばかり》行って来ますわよぉ～』って、行っちゃったきり今朝まで帰って来ない。こっちはいつ来るのか、いつ来るのか、ずぅーっと今朝まで寝かされねえ」

「何だよ、おい。じゃ、フラれちゃったんじゃねえか」

「ああ」

「ああ、じゃないよ」

「そういう、おまえはどうなんだ？」

「おれか？　おれの女郎《おんな》は、へべれけよ」

「へえ？」

「べろんべろんになって、おれの部屋に入って来やがって、おれに尻《けつ》向けて寝やがんだよ。花魁こっちお向きよって言ったら、『向けまへぇん』って言いやがんの。どうしてだ？『だって、鼻が詰まってます』って言う。じゃあ、おれがそっちへ行こうか？『来てはいけまへん』、どうして？『だって箪笥があるから』、箪笥があったっていいじゃねえか。『ううん、中のもンがなくなる』って」

「泥棒だよ、それじゃあ」

「……ところがよ、珍談、珍談、珍談だよ。昨夜《ゆんべ》の若旦那、駄々っ子……、納まってるってさあ」

「嘘だろぉ、おめえ、納まるわきゃねえだろ。昨夜《ゆんべ》の勢いだろ？『おっかさぁ〜ん』てンで、昨夜《ゆんべ》のうちに帰っちゃったんだろ？」

「それが帰らねんだよ。大門で縛られるって、薬が効きすぎだよ、おめえ。今、そこでもって、おれ、女将に会ったんだよ。

そしたら、ここの一番の売れっ子でもって、浦里花魁《うらさとおいらん》ってのがいるってンで、えー。その花魁が『そんな初心《うぶ》な若旦那だったら、わきちの方から出ましょう』ってンで、えー。花魁からのお名指しだってンで、こりゃあ、快挙《てえ》したもんじゃねえか。

……それよりね、もっと驚いたンは、昨夜、若旦那の部屋から、『きゃっ』と言う男の悲鳴が聞こえたてぇ言う（笑）。男の悲鳴よ。ここの女将も長年商売やってるが、男の悲鳴は初めてだてンでえ。若旦那、目まわしちゃったんじゃねえ？

まあ、ともかくよ、今日のところは一旦帰《けえ》らねえと、大旦那しくじるといけねえから、ちょいと若旦那ぁ起しにいこうじゃねえか。ええっ、部屋なんぞ分かってんだ、こっちだ、こっち。

おう、どうだい、この部屋だ。どうだい、本部屋だよ。てえへんなもんだ。なっ？ 起そうじゃねえか。

へいっ、若旦那、おはようございます。えー、源兵衛と太助がね、お起こしにあがりやした。ええ、今日のところは、一旦帰らねえっとね、大旦那しくじるいけねえンで、ええ、あの、起きちゃってくんなさい。若旦那、ええっ、まだ寝てるンすか？　ねえ、何かおっしゃいよ、ああた、無言は酷いよ。開けますよ、怒っちゃいけません、あ・け・ま・す・よぉ〜っ。

どうだい、開けていきなり寝床が見えねえ、次の間付きときてやがる。驚いたこりゃどうも。

……おめえ何やってんだ、そんなとこで」

「ちょいと待ってくれ。今よ、そこの戸棚開けたらよ、菓子鉢の中に甘納豆が入《へえ》ってやんのよ（笑）。フウッ、へへへへ、なかなかねえ、美味いよ、うんうん、ほんとに、ほいでね、濃い宇治か何かあったら、たまらないね。フフフフフ、やっぱり朝の甘味は乙《おつ》だね」

「何を言ってやがる。女郎にフラれてて、乙も糞もあるもんかってンだ、おまえ。第一、おまえなんぞ、いいところに連れて行けないよ。他人《ひと》の部屋の甘納豆盗み食いしてやんの。恥ずかしいと思わねえのか？　そんなに美味《うめ》えのか？　じゃあ、おれにもくれ」

「何を言ってやがる。」

「黙ってろって……へいっ、若旦那、おはようござんす、えー、源兵衛と太助が、お起こしにあがりました。へえ、今日のところは一旦帰らないと、大旦那しくじっちゃうといけねえんだ、ねえ？　起きちゃってくんねえ、若旦那。何か、おっしゃいよ。駄目ですよ。開けますよ、怒っちゃいけませんよ、開けますよ。あ・け・ま・す・よぉ〜。どうだい、若旦那！　布団の中、真っ赤な顔して、潜っちゃったよ。ふふっ、どうですか？　若旦那、お籠りの具合は？　どうですか？」

「……へぇ、……誠に結構」

「『誠に結構』って言ってるよ（笑）。ねぇ、若旦那、お気に入りでござんすか。よろしゅうござんしたね。お気に入りでは、ござんしょうけどね、今日のところは一日帰らねえとね、大旦那しくじるといけねえんで、ねえ、若旦那、パッと……、ちょいと……、起きちゃってくんなさい。

おい、おい、花魁、ちょいと若旦那起してよ、着物着せちゃってくれ……、おい！　花魁、若旦那起してよ、着物着せちゃってくれ」

「……若旦那、皆さんが催促《あ》仰《あ》いますによって、お起きなはいまし」

「若旦那、おまえさん、初めての割には、ずいぶんずうずうしいね（笑）。花魁が『起きろ、起きろ』って言ったら、パッと起きたらどうですか？」

「……へぇ、花魁は口じゃ、『起きろ、起きろ』と言っておりますけれども、ほんとは、わたしが起きないようにってンで、布団の中で脚《あし》でギュゥ〜っと、身体を押さえつけてます」（笑）

「聞いたか？　今のセリフを！　畜生、昨夜《ゆんべ》のうちは日蓮上人を出しておきやがってぇ

（笑）。今朝になったら、これだ、畜生。何故、昨夜《ゆんべ》のうちから、そういう了見にならねえんだ。おらぁ、頭来たから帰る！」

「おいおい、待ちなよ、おい、待ちな。あー！　あいつ、梯子段落っこちちゃったよ。若旦那、お気に入りでござんすか、よろしゅうござんしたねえ。じゃあ、あなた暇な身体だから、ゆっくりしてらっしゃい。あっしは、これから、ちょいと横浜まで仕事に行かなくちゃいけねえンだ。あっしら、先、帰りますからね」

「あなた方、先、帰れるもんなら帰ってごらんなさい。大門で縛られちまう」

◆対談・落語家のトリヴィア 一

「入門あれこれ」

三遊亭兼好＆十郎ザエモン

本書「落語三昧！」は、名作落語を読んで、名演高座を聴いて、落語界のトリヴィアを知って楽しんでいただく書物です。これより三遊亭兼好師匠と、落語ＣＤプロデューサーの十郎ザエモン氏の対談で、落語界の摩訶不思議なトリヴィア（雑学）をお楽しみ下さい。

十郎ザエモン　落語家人生の様々なエピソードを伺うということで、まずは弟子入りをするというのがスタートになりますが、どんな感じなんでしょうか。

兼好　まあパターンはいくつかあるんですが、基本的には自宅を訪ねる、あるいは楽屋を出てくるところを訪ねる、あと手紙を書いたりとか、そんな形で訪ねてお願いすると。

十郎ザエモン　これ、直接訪ねるというのが重要なんですよね。

兼好　はい、でも一回行って、そのままＯＫではないんですよ。おそらくお願いして一発で入りましたという人は、まずほとんどいないと思うので。

十郎ザエモン　はいよく、まずは必ず断られると聞きますが。

兼好　はい。理由は三つぐらいあると思うんですよ。私もつい最近、弟子を取ったのでそう思うんですが、まずはその人が努力をして必ず生活できるレベルまで行くという保証がないので、

「じゃあどうぞ」というのを気軽にも言えないというのと、それから取ったからには、まあそれなりに何年間は最低食べさせていかなきゃいけない。

十郎ザエモン　なるほど。

兼好　師匠としては、こちらが食べさせていかなきゃいけない――という思いがあるでしょうし、それこそ変な話ですが、弟子は増えない方が仕事はしやすいわけですから……。また早い話ライバルを育てるようなものですからね。

十郎ザエモン　金もかかって気を使って、時間も使って。

兼好　最終的にはライバルを育てるわけですよ。それはもういろいろな意味で、最初はそら、断りますよね。ですから、どちらかというと、こっちの事情がありますよね。取る側のたぶん、師匠側の。

十郎ザエモン　やはりタイミングとかでしょうか。

兼好　そうですね。タイミング――、自分の今の落語界の中の位置であるとか、それこそ経済状態であるとか、家庭状態であるとか、そういうものが非常に影響すると思うんですね。ですから本当にわずか一年の違いで、かたくなに取らなかった師匠が、急に取るようになったというのはよくありますよね。

十郎ザエモン　聞いた話ですが、往復はがきで弟子入り志願したやつがいたと。

兼好　もうこれはね、時代によってツールが変わるんですよね。往復はがきのやつもいれば、ファクスというのもあったらしい。

十郎ザエモン　えっ？ファクスで。

兼好　ええ、ファクスで。「弟子入りをお願いしたい。認める・認めない　○×をしてください。」なんて書いたやつがいる（笑）。あと、最近はメールですよね。一番おかしかったのは、ある師匠のところにメールで、「弟子入りをお願いします」と。で、その師匠はメールなんて、なんて失礼なやつだと。それでもうほっといたんですって。そうしたら別の師匠が、「いや、違うんだ。今の若者にとってメールというのはもう手紙なんだ」と……。だから「うちの世界では、手紙まではいいけど、メールというのはまだ失礼な世界なんだぞ」とそいつらに言ってあげた方がいいよと――。で、「ああ、なるほど」と……。で、その旨をメールで返したんですって。

十郎ザエモン　はい。

兼好　そうしたら、向こうから「どなた様ですか」って、返ってきたらしい（笑）。とんでもないですね（笑）。

十郎ザエモン　もう、そんなやつは社会人じゃない。

兼好　そういうやつがいるんですよ、面白いですね。あとやっぱりメールなんかで、お願いします。「まあ、とりあえず会ってみましょう」って返すと、「ありがとうございます、ペコリ」みたいなのがね。

十郎ザエモン　はあ、あの絵文字でね。いまどきですねえ（笑）。

兼好　ある師匠は寄席から出て帰ろうと自転車に乗ってたんです。どうも誰かにつけられていると。それでスピードを上げると、その後ろの男もたったたったと走る。

十郎ザエモン　ストーカーだね。

兼好　それでもう角で待ち構えて、「貴様、誰だ！」って言ったら、「弟子入りお願いします」って（笑）。楽屋出た時に言えよって、まあいろいろな弟子入りがあって楽しいですね。

十郎ザエモン　さてお願いして受けていただいたとすると、次は？

兼好　弟子入りがまず認められるんですが、我々の場合、意外とここがまじめで、認められたらすぐに入門ではなくて、まず親を呼んでこいと。

十郎ザエモン　はあ、なるほど。

兼好　ご両親を呼んできて本当にいいかと……。本人にいくらやる気があっても、やっぱり両親が「だめ」と言えば、もうそれは取らないんですよ。まあだいたい両親が来るときには、覚悟を決めてきますわね。そうすると、お母さんの方があいさつのときに「本当にすみません、こんな商売になっちゃって」って。

十郎ザエモン　あららら、こんな商売って（笑）。

兼好　師匠が「お母さん、わたし、わたし、それ、わたしの商売」って（笑）。

十郎ザエモン　米どころ生まれの某師匠は、その師匠のところに弟子入りするときに、米俵一俵持ってきたから取っちゃったんだという話がありますね。

兼好　おかみさんが「もう食べちゃったわよ」と言って（笑）。

十郎ザエモン　じゃあしょうがない、取るしかないと（笑）。

十郎ザエモン　前座さんというといろいろな失敗談がありそうですが。

兼好　ある兄弟子が前座の時にね。後輩から「兄さん、すみません、追い出し太鼓、どうやるんでしたっけ」って訊かれて、本来はトリの師匠が噺をサゲを言ってお辞儀したところで幕をしめて

たたく太鼓なんですが、トリの師匠の高座の最中に「こうやるんだよ」って、ダラララって
やっちゃった。(笑)

十郎ザエモン　それは、その師匠のお怒りは大変だったでしょうね。

兼好　もうそういう話、わたしは好きですけどね。あと、着物のたたみ方がひどいのなんてよくありがちな失敗ですよね。汗っかきなんていうのも意外と大変なんですよ。師匠の着物に、ぼたぼたぼた、汗をたらしちゃうとか、お茶こぼしちゃうとか。

十郎ザエモン　前座が汗をかいて、師匠の着物を汚しちゃう。

兼好　ひどいやつなんて、師匠の着物の袖で汗ふいたって。

十郎ザエモン　だめだよ。(笑)あれ着物って、安いものと高いものってあるじゃないですか。高いものの方が汚れやすいんですか?

兼好　いやまあ、汚れやすいのは同じなんでしょうが、結局それを修復するんで洗ったりするのに、高い着物はお金掛かりますからね。師匠方は、それこそしわにならないようにというのがありますし。また着物のたたみ方も、三つとか四つとかいろいろ言い方があって、〝古今亭〟なんていうたたみ方もあるんですよ。で、ある前座さんが、「違う違う、それ、古今亭だよ」って言われて、「はい」って言ったきり、古今亭の兄さんを探しに行っちゃったというやつがいます。

文菊　夢金

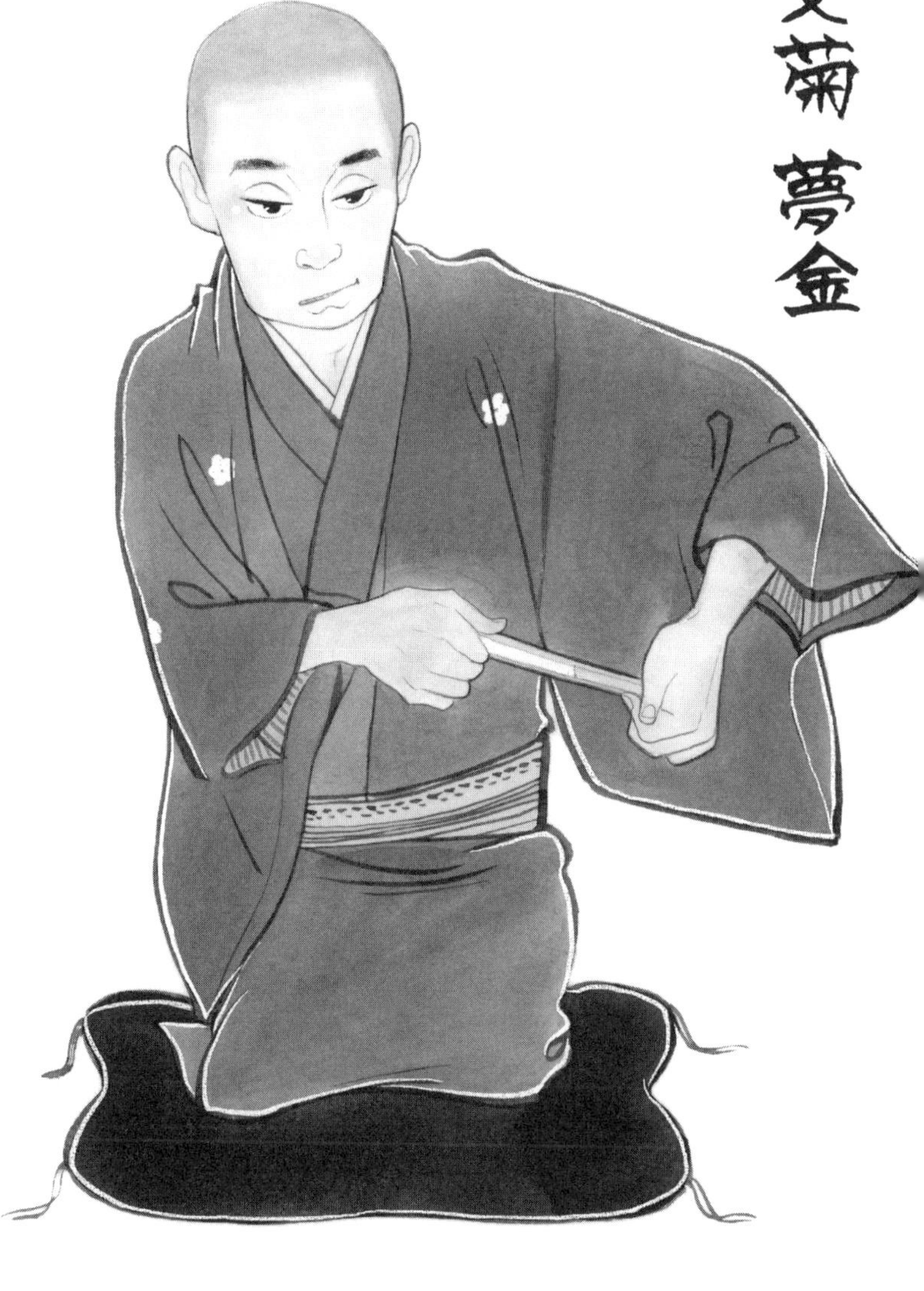

『夢金』古今亭文菊

2013年12月11日
横浜にぎわい座　古今亭文菊独演会
協力：横浜にぎわい座

パスワード　12091902

『夢金』

この解説文は、【ネタバレ注意】です。

寒い雪の晩、舟を漕ぐ船頭、侍と船頭の駆け引き等の描写で噺に引き込まれてしまいますが、結局それが夢だったということで、古くから〝夢オチ〟の代表作の一つとして親しまれた噺です。

元々のサゲは、娘を助けたお礼の二百両をつかんだ熊公が、あまりの痛さに耐えかねて目を覚ましたら、自分の両方の金（睾丸）を握り締めて寝ていた――という描写で〝夢オチ〟であることを表していました。下品な言葉を避けるラジオ・テレビの出演の折に、先人の落語家たちが工夫した結果、今の演じ方も伝えられるようになりました。

江戸の雪深い夜、凍てつく寒さと人間の欲とが交錯する川舟の人間模様は、歌舞伎の一場面を観ている様な迫力で、真打昇進の翌年に演じられたとは思えないほど、古今亭文菊の並外れた技量を感じさせてくれます。

※音声配信の『夢金』は、２０１４年２月に発売したＤＶＤ「古今亭文菊落語集 百川／四段目／夢金」（ＴＳＤＳ-７５５５４）の音声部分を二次使用したものです。予めご了承下さい。

『夢金』　古今亭文菊

噺の中に出て来る登場人物ってぇのは、まぁ、いろんなのが居ますが、中には〝欲の深い男〟てのが居るんですねぇ。欲の深い男――こらぁ、あのケチの方とはちょっと違う。ケチの方ってぇのは、どういうのかってぇ言うと、自分の持っているものを出すのが、こう、嫌なんすな。で、欲の深い方ってぇのは、世の中の金をみんなこっちへ集めたい――という、この違いがあるんだそうでございます。

欲深き　人の心と　降る雪は　積もるにつれて　道を忘るる

なんて言いますが……。

「百両ォー、欲しいィー！」

「……また、はじまりやがったよ、おい。婆さん、聞いたかい？　あの野郎、寝たと思ったら寝言だ。それも金勘定ばかりしてやンの。しょうがねえ野郎だな、本当に。おーい、静かにしねえか！」

「二百両ォー、欲しいィー！」

「静かにしろい！」

「五十両でも、いいー！」（笑）

「何なんだよ、寝言で返答してやンだ。呆れけえって小言が言えねえな、こらぁ。フッフッフ。

おい、婆さん。おもてぇ閉めたかい？　……ああ、そうか。いやぁ何がって、おまえ、こんな雪の降る静かな晩だよ。野郎が二階でもって、『百両だぁ。二百両だぁ』、間抜けな物盗《ものとり》が金勘定と間違《まちげ》えて、押し入ってくるとも限らねぇやぁ。こういう晩はな、早く寝ちまうに限るな」

「（戸を叩く）おい、ここを開けろ。（戸を叩く）おい！」

「……婆さん、言わないこっちゃ無いよぉ。あの野郎、呼び込むにこと欠いて、ほんとに物盗呼び込みやがった。しょうがねえ。わたしが巧いこと断っちまうから、ちょっと。えー、へへ、どこのどなたか存じませんがぁ、あの手前共はこの通り見る影も無い船宿渡世でございましてぇ、押し入ったところで取るものなぞ何もございませんよぉ。あの、どうせ押し入るンでしたら、この先に物持ちの家がいくらもございますんで、そちらに押し入っていただきたいンでございますがな」

「戯《たわ》けたことを申すな。よいから、開けろ！」

「へっへっへ、『開けろ』といって開けたところで、『金を出せ』って、こりゃもののの無駄でございますよ。どうか、お引取りいただきたいのでございますがなぁ」

「よいから、開けろ！」

「……ちょっと、お待ちを」

主《あるじ》も気になるもンですから土間へ下りまして、戸の隙間から表の様子を覗くってぇと、娘を一人連れた侍が立っておりますので、

「これは、これは、失礼をいたしました。さあさあ、どうぞ中へお入りくださいまし」

「……『雪は豊年の貢《みつぎ》』とは申せ、かよう降られても、……困る」

「まったくでございますなぁ。雪も少しならよろしゅうございますがなぁ、こう降られますと後片付けに難渋をいたしますによってなぁ。ああ、お嬢さん、そこでは濡れましてございますよ。さあさあ、どうぞ、こちらへお入りになっておくんなさいまし。おい、婆さん、手焙《てあぶ》りになぁ、火をどっさり入れて、こっちへ持ってきなぁ」

主もお世辞を使いながら様子を伺うってぇと、侍のほうは年の頃なら三十五、六。眉《まみえ》の太い、眼のギョロっとした、小鼻がひらいて、鰐口《わにくち》でございます。額のところに〝面ずれ〟というタコができている。どう見ても一癖も二癖もあるような面構え。着ている着物はってぇと、〝黒羽二重《くろはぶたえ》に五《い》つ処紋《ところもん》〟なんですが、これも長いこと着っ放しと見えて日に焼けて赤くなってる。紋の白いところなんざぁ、垢で持って黒くなってる。なんてことは無い、〝赤羽二重《あかはぶたえ》の黒紋付〟てぇやつで（笑）。嘉平次平《かへいじひら》の襞《ひだ》の分らなくなった袴に、破損《やれ》

柄剝鞘《づかはげざや》の大小をおとし差し、素足に駒下駄という出で立ちで。

一方娘さんのほうはってぇと、年の頃、十七、八でございましょうか。目元の涼しい、鼻筋のすぅーっと通った、誠にいいご器量。文金の高髷を結いまして、御高祖頭巾《おこそずきん》を被っております。友禅模様の着物に、小紋縮緬《こもんちりめん》の羽織という、侍とはだいぶ様子合いが違っておりまして、

「ささ、お手焙《てあぶ》りでございます。どうぞ、お使いくださいまし」

「ううむ、本日、身《み》が妹を連れて浅草に芝居見物に出かけたところが、かような大雪と相成った。駕籠となると二丁となって、まことに面倒でいかん。よって、屋根船で深川までやってもらいたいが、……どうだ？」

「はぁー、左様でございますか、そりゃお気の毒さまでございますなぁ。へっへっ、誠に申し訳ございません。……いや、船はあるんでございますが、肝心の漕ぎ手の船頭が居りませんでなぁ」

「それは、困る。いずかたへ問い合わせる訳にはまいらんか？」

「えっへっへっへっ、斯様《かよう》な晩は、みな駕籠よりも船というような塩梅《あんばい》でございましてなぁ。どこも同じでございます」

「百両ォー、欲しいィー！」

「おいおい、婆さん、またはじまったよ、あの野郎がぁ。うるせえから、あれ起こしち

まったらどうだい？」

「最前から二階でとやこう申すのは、……船頭ではないのか？」

「う……、えっへっへっへっ、畏れ入りましてございます。いえいえ、あれは、あの、……船頭には違いないんでございますが、いや、お聞きの通り、寝言にまで金勘定をするという本当に欲の深い男でございます。お馴染み様ならともかく、はじめてのお客様でございますから、何か粗相があるといけませんで、あれは出さんのでございます」

「……いや、欲が張っていれば、そのように扱えばよい。訊いてみてはくれんか？」

「いえいえ、その、へっへっへっ、何かありますと、……えー、左様でございますか？

……いえ、少々お待ちをいただいて。

おーい！　熊ぁ！　熊ぁ！」

「へーい、……へぇーぃ、へぃ。

（小声で）うー、寒い。何だよぉ、ようやっと、とろとろって来たなぁっと思ったら、『熊ぁ、熊ぁ』って呼びやがんの。ほんとにしゃあない。

はい、はい！　えー、何すよぉ、親方ぁ」

「やぁー、すまねえがなぁ、今、深川まで屋根船でやってもらいたいってぇお客様がいらっしゃってるんだ。おめえ、いっちゃくれめえか？」

「えー？　何ですって？　深川？

（小声で）冗談言っちゃいけねえよ。こんな雪の夜に深川まで船漕いでって、酒手《さかて》でも出なかったら目もあてられねえや。……こういうときにはな、仮病に限るなぁ。へっへっへっへ。

どうも、親方ぁー、すいませんねぇ。昼間《しるま》っから、疝気《せんき》がおきていけねえンだ。腰がメリメリいってンですよ。これじゃ、ものの役には立ちませんから、勘弁してもらいてぇンですよ」

「ほぉー、そうかい。そいつはしょうがねえなぁ。

誠に申し訳ございません。お聞きの通り、野郎、加減が悪いようでございます」

「……並みの晩ではない。骨折り、酒手は十分に遣《つか》わすが、どうだ？」

「……（小声で）何か言ってるね。『骨折り、酒手は十分に遣わす』って言ってやんの。ふっふっ、遣わされるンなら、断るのも癪《しゃく》だな、こりゃなぁ。ちょいと、訊いてみるかなぁ。

ねーえ！　親方ぁ！」

「あー？　何だい？」

「あのう、船頭は居ねえのかい？」

「だから、居ねえからこうやって困ってンじゃねえかよぉ」

「ほぉー、いやぁー、そのぅ、何だよぉ。無理すりゃねぇ、行けねえことねえかなぁ」

「行ってくれンのか?」

「うーん、だけど、ほらぁ、何ですよ。ふっはっはっは、〝魚心あらば水心〟ってテンでしょ? 読みと歌てぇ奴ですよぉ。ほらぁ、阿弥陀も金で光る世の中でござんすからねぇ!」

「馬鹿野郎。お客様が聞いていなさるよ、おめえ。こういう晩だからな、『骨折り、酒手は十分に遣わす』と、そう、おっしゃってる」

「ホントかよー、おーい! ありがてえ。(手を打つ) じゃあ、行くよ」

なんてね、奴さん欲が張ってございますから、梯子段をけたって降りてまいりまして、

「おうっ! 旦那、お待たせいたしやした」

「……ほう、加減の悪いところ、気の毒」

「どうってことはねえンですよ。この疝気には酒手が何よりの薬でござんすからねぇ」

「(小声で) 馬鹿野郎……、
こういう野郎でございます。どうか、ご勘弁を」

「いやいや、なかなか面白い奴。船頭、ひとつ早間に頼む」

「へい」

なんてね。奴さん、河岸へ降りてまいりますと、腕が慣れてございますから、直ぐに仕度をいたしまして、

「へいへい、どうも、じゃあお嬢さん、ご案内いたしましょう。ええ、何ですよ。あぁ、何だ、お嬢さん、それ、ぽっくりでござんすね？　それじゃぁ、駄目だぁ。ちょっと、こっちへおいでなさい。

あっちのね、この肩に手を置いて、へい。で、今から上押さえますよ。ようござんすか？　え？　うん。色が移る？　……冗談言っちゃいけねえ。あっちの色の黒いのはねぇ、芯から黒いンだから、移るようなことはねえんですよ。ようござんすか？　じゃあ、ちょいちょいと、こう、……どうも、すみません。へっへっへ、柔らけえ手ですねぇ？　へっへっ、何にもしねえとみえて……、ねぇ。

今日は、何でございますか？　ええ、浅草？　芝居《しべぇ》見物。へえ、そりゃ、ようござんすね？　へー、へっへっへっへ、いい匂いがするね？　たまんないねぇー、はっはっ。

えー、何ですよ？　女将さん。いいじゃありませんか、これぐらい船頭の役得でござんすよ。女将さんね、足元が暗いから、もうちょっと提灯下げておくんなさい。

お嬢さんね、これからは〝あんよは上手〟ってことになる。ようござんすか？　いやぃや、この桟橋は古いですがね、落ちる様なことはありませんから、へい。ええ？　離しませんよー。雷が鳴ったって離さねンだよ。すっぽんより性《たち》が悪るいンだよ、こっちは。

お気を付けになって。お嬢さんね、それ頭から行っちゃいけねえや、頭から行くってぇと、大事なもンぽきっとやったり、川ン中落としたりなんかしますからね、気を付けておくんなさい。

　この屋根船の乗り方ってのは、難しいンだよ。吉原の芸者だって、まずこの屋根の乗り方ぁ稽古するくらいだ。

　まずねぇ、着物の前を、こう、割ってもらいてぇんです。それで、こう、内ッ側に手ぇ掛けてごらんなさい。そう、矢立の筆じゃねえけど、足のほうからね、つぅーっと、……う、うーん、……巧《うめ》えねえ、おい。巧いよ。へぇー、それだったらね、明日から直ぐ堀の芸者に出られますよ。

　えー？　（小声で）何ですよ、女将さん、洒落ですよ。洒落。

　さあさあさあ、旦那もどうぞ、お乗りになっておくんなさい。へい、お気を付けて。へい、どうぞ。

　旦那ぁ、寒いようでしたらね、その脇に棒がありますから、ええ、炭団《たどん》の頭、ちょいと叩《はた》いておくんなさい。灰が落ちて、暖かになりますから。へえ、どういたしまして。

　（小声で）女将さん、これじゃ、どうにもなんねえよ、この寒さじゃ。帰《けえ》って来たらねえ、熱いのこうやってきゅっと飲《や》りてぇンだい。……いや、旦那には内緒だよ。構わなねえかい？」

「しょうがないね。燗《つ》けといてあげるよ」

　これから船頭が、蓑笠《みのかさ》に仕度をいたしまして、竿を一本ぐっと張るってぇと、船宿の女将が「ご機嫌よろしゅう」と手をかける。何の多足《たそく》にもなりませんが、愛嬌というものがあるもんで。船は、ゆらゆらゆらゆら揺れながら、堀を抜けて大川にかかってまいります時分には、雪はますますの大雪に。綿を千切ってはぶつけるという塩梅で。

「……クッ、……ウー、驚いた、こりゃ。大寒、小寒と来やがったなぁ。山から小僧が泣いてくるってぇけどよぉー、こんなところで大僧《おおぞう》が一人泣いてるよ、まったく、もう。何だって、こんな雪の夜に、船、漕がなくちゃならねぇんだよ、まったく。……はぁー、まっ、もっとも、船に乗る奴が居るから、こうやって漕ぐ奴が居るんだなぁ。……で、こうやって漕ぐ奴が居るから、こうやって乗る奴が居んだよぉ。……上を見ても、下を見ても果てしが無えや。

箱根山　駕籠に乗る人　担ぐ人　そのまた草鞋《わらじ》を作る人

かぁーッ。そのまた、草鞋を拾って歩いている奴も居るんだからなぁ。ほんとに、どこまでいっても果てしが無えや、まったく。

ほう、……はぁ、たまたまの雪の夜に『起きろ起きろ』と起こされて、寝ぼけた顔の有様は、牡丹に戯《たわむ》る獅子と蝶、大川を横へ三筋の渡し守、辛い稼業でございます――と、きたもンだぁ、こらぁー。

旦那ぁ、なんだか、あのう、大変《えれ》え降りになってきましたなぁ？」

「……ほう、左様か」

「チッ、『左様か』だって言いやんの。ヒヒッ、へえへえ、左様でござるかってンだよ。御用とお急ぎで無い方は、ゆっくりと見ておいでってンだ。〃蝦蟇の油売り〃みてえな面しやがって、まったくなぁ。

旦那ぁ！　提灯、暗いようでしたらね、ケツのほうを拳固でもって叩いておくんなさいよ。ええ、芯が落ちてね、明るくなりますから。……いえ、どういたしまして、へへへへへへへ。

……はぁ、こんなことだって酒手のうちに入《へえ》ってンだぜ。んだよ、さっきは『骨折り、酒手は十分に遣わす』って、そう言ったじゃねえか。遣わすんなら、ここらあたりで、遣わしたっていいじゃねえかなぁ。どこで遣わすってンだよ、ほんとに、冗談じゃ無えなぁ。……出ねえかね。酒手が出ねえとなると、また疝気がおきて来るよ。腰が何だか、メリメリいって来やがった、こりゃぁ。んらぁー。

……何だよ、女は疲れたと見えて、あんかに寄り掛かって、寝ちめえやんの。それをあの野郎、穴の空くほど覗いてるねぇ。さっきは、『身が妹だ』って、そう言ったじゃねえかなぁ。妹だったら、あんな面、見飽きてる様なもんじゃねえか。それをあんだけ、しげしげと眺めているところを見ると、……なるほど、フッフッフ、そんなら、そうとよー、出す金《もん》さえ出せば、おめえ、こっちは気ぃ使うぜ、おい。〃見猿《ざる》、言わ猿《ざる》、聞か猿《ざる》〃だよ。どんな猿にでも、なってやンのに。それを出すもン出せねえで、妙な真似してみやがれ、こん畜生ぉー。

船が穢《けがれ》れらぁーい！　まったくぅー。

鷺を烏と言うたが無理だ　場合にゃ亭主を兄と言いってんだよ、なぁー。へっへっへ。

何言っても感じねえなぁ、あの野郎、ほんとに（笑）。……チッ、こうなったらよぉ、船ぇいたぶって、女を起こすかな。女、起きりゃぁ、酒手の相談かなんか、はじまるぜ。『あの、あなた、船頭にお酒手は、お遣りあそばしましたか？』、『まだ遣らねえよ』、『早くお遣りあそばしよ』、『これぐらいでどうだ？』、『それじゃ少ないから、もっとお遣りあそばしよ』（笑）、はっはっは、言うかどうか、分んねえけどね、おいこらぁ（笑）。これじゃ、女を起こさなきゃ、仕事にならねえ。よっこらしょ、これでどうだ？　んしょう、ほら、どうだ？　よいしょ」

「……うーん、船頭！　船がたいそう揺れるなあ」

「揺れますよ。えー、揺れンですよ。ははっ、酒手が出ねえと、これぐれえ揺れることになってんだ。なんなら、船ぇまわしましょうかねぇ？」

「ん、……船頭、そのほうも疲れたであろう。こちらへまいって、一服いたせ」

「おっ、……へえ。どーも、すみません。……いや、ありがてえ。……おおう。へい、おありがとうござい（両手を差し出す）」（笑）

「何だ？」

「へへ、『そのほうも疲れたであろうから、こちらへまいって』、へへへへ、酒手をくださるンでしょ？」

「戯《たわ》けたことを申すな。そうではない。そのほうも、疲れたであろうから、こちらへまいって一服いたせ――煙草を飲めと申したまで」

「……へ、煙草ぉ？　酒手じゃねえンでございますか？」

「何だ。そのほう、煙草は飲まんのか？」

「いやあ、飲まねえってことはねえンすよ。へへ、まぁ、手銭《てせん》じゃやらねえンです。先方煙草《おさきたばこ》ならね、尻窓《けつめど》から脂《ヤニ》が出るほど、吸うンでござんすよ、へへ」

「ほう、そのほう、たいそう欲が張っていると見えるな」

「うーん、そうですよ。あっちは、欲ぅ張ってンですよ。このあたりじゃね、〝船頭の熊〟って言うよりも、〝欲の熊蔵〟ったほうが、通りがいいぐらいなもンですよ」

「そのほうの、欲の張ったところを見込んで、ひとつ頼みがある。……金儲けだが、半口《はんくち》、乗れ」

「……え、な、何ですか？　金儲け？　か、金儲けだったら、半口どころじゃねえやぁ、丸口《まるくち》乗っちゃうよ、こっちは。へへ、何でございますか？」

「……あれに寝ている女は、最前『身が妹』と申したが、実は偽り」

「プッフッフ、そうでしょうね。そうだと思った。お顔、形がまるで違うもの。ふっふっふっふ（小指を出して）、こっちだ。お楽しみ……」

「そうではない。最前拙者が、花川戸《はなかわど》を通りし折、大雪の為、癪に閉ざされて、難儀をしている様子。親切ごかしに介抱してやろうと、懐を探ってみると七、八十両、いや、かれこれ百両は所持いたしておる。だんだん騙して、わけを訊いてみると、店の若い者と不義をいたし、如何様《いかさま》そ奴が暇《いとま》と相成《あいな》ったので、奴《きゃつ》、そのあとを慕《しと》うて家出をなしたものと見える。すぐに殺《ばら》して、金を巻き上げようと思ったが、行き来の提灯が妨げとなって、思うように仕事が出来ん。よって拙者、その色男の居る所を存じているによって、案内《あない》をしてやると謀《たばか》って、この船まで連れてまいった。女《あれ》を殺せば、たいそうな金になる。貴様も手伝え」

「……ちょ、ちょ、ちょっと、待って…、船尾《とも》へ出てください、船尾へ。船尾へ。ううう、ちょっとぅ、あなた何ですよ、それ。人殺しですか、そりゃあ。じょ、じょ、冗談言っちゃいけねえ。あっちはね、金が欲しいったってねえ、その、人を殺してまで金が欲しいってンじゃねえんですよ。あああ、あっちはただ、無茶苦茶に金が欲しいだけなんでございます（笑）。勘弁しておくンねえ」

「ならば、嫌と申すか？」

「へぇぇぃ、人殺しの手伝いだけは勘弁してもらいてえや」

「そうか……、武士が一旦大事を明かした上からには、口外されては露見の恐れ、まず貴様から殺《ばら》すから、それへ直れぇ！」

「ちょ、ちょ、ちょ、何だ、何ですか、それぇ！　手伝ったら金くれて、手伝わなかったら、ここでばっさり、いやぁ、いや、ちょっと、ちょっと、ちょっと、待っておくンなさい。今、どっちが得か、よぉーく考えますから、ちょっと、待って……。それじゃ、なんでございますか、巧くいったら、一体、いくらおくンなさる？」

「ほおー、ガタガタ震えながら、金の高を決めるなぞは見上げた奴、左様、首尾よくまいらば二両も遣わすがどうだ？」

「……二両、……りゃんこかぁ？　……唯《ただ》りゃんか？　冗談じゃねえやぁ。言うことは大《おお》たまで、やることはしみったれってのは、おまはんのことだ、こん畜生ぅ。震えてると思ったら、了見が違うぞ。こっちは唯、身体を細かに動かしてるだけなんだ（笑）。まごまごしてると、船ぇひっくり返《けえ》すぞ！」

「こら、船を返されてたまるか。拙者、水練の覚えが無い」

「何を、……何を、この野郎。泳げねえとぬかしやがったな、こん畜生。やい、陸《おか》じゃてめえが強いかも知れないがなあ、川ン中入《へえ》れば、こっちは鵜なんだよ。盆暮れには、河童から付け届けが来るんだ（笑）。まごまごしてってぇとなぁ。川ン中、引きづり込むぞ！」

「付け込むな！　では、二両では不服と申すか？」

「当たり前《めえ》じゃありませんか。二両ばかしの端銭《はしたぜに》でもってねぇ、こっちの首《かさでえ》が飛ぶような真似はご勘弁願いてぇ」

「では、五十両なら二十五両、百両なら五十両、どうだ？」

「……山分けでござんすね？　う、嘘じゃねんでしょうねぇ？」

「武士に二言は無い」

「チッ、『武士に二言は無い』ほど、当てにならねぇセリフは無えやぁ、こん畜生。どこで、お殺《や》んなさる？」

「幸いと、この船で」

「冗談言っちゃいけないよ。こんなところでばっさり殺られて、血糊つけられたら明日から商売にならねえや。……こうなさいまし、この先に中州《なかず》がありまさぁ。その中州は、今ぁ潮が引いてますからねぇ、出てますよ。その上で、ばっさり殺っておしまいなさい。死骸は潮が流してくれますンでね、足はつきやせんぜ」

「よし、直ぐにやれ」

「へい」

奴さん、恐いのと欲との両用《りょうよう》でございます。せっせと船を中州に漕ぎ寄せてまいりまして、……一方侍のほうはってぇと、袴の股立《ももだ》ちを取るってぇと、刀の目釘を湿しまして船

の舳先《みよしばな》に立って行く先をじぃーっと見ている。そのうちに真っ暗な中、中洲が白く薄ぼんやりと浮かび上がってまいりまして、

「うむ、船頭！　中洲が見えた！」

「へーい、……旦那、旦那がそこに居るってぇとね、ちょいと舵が取り難いンだ。先に上がっておしまいなさい。女は、あっちがね、あとで引っ張り上げますから」

「よし！　うっ」

とぉーん、侍が飛び移るってぇと、弾みでもって船が三尺ばかり、ぎぃーっと離れまして、途端に船頭が竿を返して、ぐっと一本張るってぇと、また、ぎぃー、更にもう一本ぐっと張るってぇと、船が川中まで出まして、元来たほうに舵を取りなおすってぇと、

「はっはっはっ、やあーい、上手く飛び移りやがった、こん畜生！　馬鹿ぁ！」（笑）

「船頭！　船をどこへやる？」

「『どこへやる？』、どこへやるったって、おれの船だよぉ。おれの勝手じゃねえかぁ。馬鹿ぁ！」

「けしからん！」

「『けしからんぅ？』、ま、芥子《けし》が辛えか、唐辛子が甘えか、そんなことは知ったこっちゃねえや、こっちは。へへへへへ、
おーう、おめえ泳げねえと抜かしやがったなぁ。その中州はな、明日の朝になりゃあ、

潮が満ちてきて無くなっちまうぞ。てめえの名前は訊かなかったがなぁ、明日の朝になりゃぁ、間違げえなく土左衛門《どざえもん》と名前が変わりゃあー！　侍《さむれえ》転じて、弔《とむれ》えとなれ！　ざまあ見やがれ、この三一《さんぴん》めー！」

散々悪口《あっこう》をつきまして、船を間部《まなべ》の河岸へ着けまして、お嬢さんの家を訊いてみると、本町辺《ほんちょうへん》のこれこれ、早速連れてまいりますってぇと家では、一人娘が居なくなったってぇンで、大変な騒ぎ。そこへ連れてったもンですから、両親《ふたおや》の喜び様と言ったらございません。

「誠にありがとうございます。あなた様のおかげで娘が助かりましてございます。ありがとうございます」

「いえいえ、いいんだ、いいんだよ。いいんだよ。こらぁなぁ、おれの為にやったようなもンなんだい。いやぁー、あのままいってたらよぉ、おれだってバッサリ殺《や》られンのは関の山だあ。気にすることはねえよ」

「いえいえ、とんでもないことでございます。あなた様のおかげでございます。……うん、出来たかい？　そうか、こっちへ持っておいで。

これは、ほんの、お酒手代わりでございます。いえ、本来ならば、ここで召し上がっていただきたいのでございますが、この騒ぎでございます。これで、どこかで一杯召し上がっていただきたい。いや、ほんの、お酒手代わりでございます」

「いやいやいや、ええ、あーん、うんうん、おれはおまえ、こんなもンの為にやったンじゃねえンだぜ、おりゃぁー、おい。うーん、ふーん（笑）。……そうかい？　すまねえね、おい。じゃあ、ちょいと、へっへっへ、あのねえ、また明日あらためて礼に来るってぇのは、止したほうがいいよぉ。うちの親方ってぇのはね、しみったれだから、みんな手前の懐ぉ入れちゃうんだ。そらぁ、止したほうがいい。いいかい？　頼むよ」

無礼《ひど》い奴があったもンでね、見ている傍から包みをビリビリ破りまして、ひょいと見るってぇと小判でもって二百両ございましたから、

「ありがてえ、二百両ぉー！」

（船宿の亭主、二階を見上げて）

「静かにしろい」

◆対談・落語家のトリヴィア　二

「前座生活って？」

三遊亭兼好＆十郎ザエモン

十郎ザエモン　今関東の落語界は四つの団体〝落語協会〟、〝落語芸術協会〟、〝落語立川流〟と兼好師匠の所属する〝五代目円楽一門会〟なのですが、前座の規定というのは、どんな形なのでしょうか。

兼好　うちの一門は全体の人数が少ないので、基本的には入門したらわりと早めに寄席には出られますけど、もちろんそのまま出したのでは役にも立たないので、取ると決めたら、まず着物をたたむとか、基本的な礼儀作法とかは自分の家で教えて、二、三カ月くらい見習い生活をして前座ですかね。

十郎ザエモン　要するに前座はまあ基本的な身分ですが、それでもいきなり前座になれるわけでもないということなんですね。

兼好　そういうことです。遅い人だと、もう半年とか一年かかる人もいますよ。というのは、例えば落語協会だと前座になる前、つまり弟子入りして前座になる前に見習い期間を一年とか一年半設けていたりするらしいですしね。

十郎ザエモン　この前座という立場は、どんな感じの身分なんですか。

兼好　これね、一門にもよるんでしょうが、実際前座さんというのはいわゆる修業期間ですから、この期間に交通事故に遭うと、新聞に「無職」って出るよって言われます。もう要するに立場としては何者でもない、まあ、ただで噺を教わる身分なのでもう何でもやりますということです。

十郎ザエモン　自分の時間は、一切ない。

兼好　はい、一切ないと思っていいです。しかも、寄席に入れば今度は、楽屋の運営もしなきゃいけないですし、高座の師匠方の時間配分だとかをしなきゃいけない。そういう意味では、雑用をすべてやりながら噺を教わるという身分ですかね。

十郎ザエモン　なるほど。そうすると、タバコやお酒とかの嗜好品なんかはダメとか？

兼好　もちろんです。そんなの師匠方にご飯を食べさせてもらって、基本的には給料というものはないという状況ですからね。食べさせてもらって、噺を教えてもらって、働きながらやっている横で、タバコを吸いながらは、やっぱり形にならないですよ。まあ、タバコはだめですね。基本的にお酒もだめと……。師匠によっては、最後の打ち上げや何かでは「いいよ」という時もあるかな……。前座は要するに身分としては、師匠の持ち物みたいなものですよね。だから給料はないけど、お小遣いをもらったりする。

十郎ザエモン　なるほど。

兼好　たとえば寄席に行くと寄席の働きとして決まった額があって、大した額じゃありませんが楽屋働きでいくらというのがあるんですよ。師匠の着物をたたんだり、お茶を出したりしてね。そのほかに師匠が、「じゃあ、このかばんを、次のあそこの会場まで先に持っていきな」って渡したときに、ただ渡す師匠はほとんどいませんので、「これで行ってきな」って言って、要するに交通費も含めたお駄賃ですね。

十郎ザエモン　お釣りがお駄賃ということですね。

兼好　ええそのまま。それこそ品川から池袋までかばん一つ運んで千円ですから、いい仕事ですよ

（笑）。赤帽さんに教えてあげたいくらい（笑）。

十郎ザエモン　でも師匠によっては、ものすごく厳しい師匠もいらっしゃるじゃないですか。僕の聞いた話で、あの伝説の師匠なんかは夜中に弟子に電話して、「うちの冷蔵庫にあるあれを取ってくれ」って、自分の家の中にあるものを、わざわざ電話して弟子に家に来させて、冷蔵庫の中のものを取って来させて、「ああ、ご苦労さん」といって帰すという……。「おいおい、これは何だと思った」という。

兼好　いやいや、それはある意味優しい師匠ですよ。「こいつはほっとくとまじめだし、エピソードを作らないな」というやつにそれをやれば、最低でもそのエピソードを、まくらでしゃべれますからね。

十郎ザエモン　なるほど、そこで一笑いもらえますね。

兼好　はい、だから師匠というのは、お弟子さんに理不尽なことをやっているようでも、そういうことを考えている師匠方は多いです。

十郎ザエモン　それを理不尽だと思っちゃいけない。

兼好　ええ、それを面白く受け取れば、こんな楽しい世界はないです。

十郎ザエモン　逆にそれをネタにできないと、落語家としてはやっぱり前座生活の意味がないと……。

花緑　妾馬

『妾馬』柳家花緑

2012年9月5日
紀伊国屋サザンシアター
協力：ミーアンドハーコーポレーション

パスワード　12090502

『妾馬』

〝妾〟は、正妻公認の第二夫人で、家系の血筋を第一にした習慣でした。ただし、現代の道徳や常識では共感し難いので、柳家花緑師は、江戸時代の常識の違いを丁寧に説明してから噺に入っています。江戸時代の教養がなくても、誰でも古典落語を楽しめるように配慮した花緑師のスタイルは、町人の八五郎が大名と面談する突飛な設定も、自然に受け入れられる効果を生んでいます。

この噺は、八五郎の庶民らしい発言と、大家、侍、大名との会話が多くの笑いを生みますが、酔った八五郎が、娘と孫を恋しがる母親の様子を語る〝泣かせ所〟もある落語です。その場に居ない母親を描写する花緑師の芸の力は確かなものです。六代目三遊亭圓生が、「落語は笑わせるだけじゃなく、泣かせることも大事なんだ」と悟った逸話も伝わっている名作の古典落語です。

※音声配信の『妾馬』は、２０１３年１月に発売したＤＶＤ「花緑ごのみ　つる／野ざらし／妾馬」（ＴＳＤＳ‐７５５４１）の音声部分を二次使用したものです。予めご了承下さい。

『妾馬』　柳家花緑

〝女氏《おんなうじ》なくして玉の輿に乗る〟って言葉がありますね。氏《うじ》ってぇのは家柄のことで、ですから貧しい暮らしをしていても、まぁ、器量さえよければね、見初められて思わぬ出世をするってことだそうですけど、こういうのは今も昔もあるようですね。

丸の内の赤井御門守《あかいごもんのかみ》というお大名でございます。この奥方に子供ができない。二人の間に子供ができないということは、このままでは、お世継ぎの君がいないということになりまして、血統が途絶えてしまう。この代をもってお家は断絶ということになりますので、さあご家来の者、重役の連中も、大変に心配を致しまして、なんとかこのお殿様にお妾でもよいので、跡目をこさえてもらいたい。ところがこのお殿様が、大変に堅いお方で、側女《そばめ》、側室《そくしつ》というものを持とうという気がこれっぽっちもありませんで、さあこれで重役連中が大変に心配をして、「あー、どうしたものか」と考えあぐねているところ、ある日のこと、このお殿様がお屋敷への帰り道でございます。

共を連れてお駕籠《かご》で町中を通行しているときに、ある裏長屋でございまして、そこから年の頃十七、八になります娘、染めかえしの着物に細っこい帯をぐるぐるっと巻いて手には味噌漉《みそこし》を持っておりました。で、路地口に立って、こううつむいている姿が、お駕籠の中のお殿様の目に留まりまして。

さあ、共先《ともさき》の侍を駕籠の脇へ呼びまして、なにやら耳打ちをしておりましたが、お駕籠はそのまんま行ってしまいました。さあ、あと一人残りました侍、裏長屋へ入ってまいりまして、

「あー、これこれ、これ、町人、これ、町人」

「はい、おおっー。

みんな、みんな、おいおいおい、お武家様だよ。

えっ、何ぞ、御用でございますか?」

「うん、ちとものを尋ねたいがな。あ〜、この中に家守《やもり》は居るか?」

「……へぃっ?」

「家守《やもり》はおるか?」

「はぁー、ヤモリね。はっは、留《とめ》ぇ、ヤモリだってさぁ」

「……うーん、日が暮れるってぇとなぁ、その辺の塀に何匹が出るけど……」

「虫のヤモリではない、この長屋を支配する者だ。町役じゃ。うん、家主《いえぬし》」

「ああっ、大家ですか。はっはっは、そうですか、家守って言うから分らなかったよなぁ? へぇー、家主のこと家守って言うんだとよ」

「知ってたよ」

「おまえ、嫌な野郎だな、おい。知ってるなら、教えてくれればいいじゃないかよ」

「えー、だってさあ、この間の風の強い日ね、こりゃぁね、家守だなぁと思ったんだよね」

「何だよ、あの三日ぐらい前」

「そうそう、三日前だよ。塀にピタァッーと張り付いてたろ？　間違いなく家守だとおれは確信して」

「何を言ってやがる。あれは塀が倒れそうだから、押さえていただけじゃねえかよう」

「あっ、そうだったの？」

「そのほうら、教える気があるのか？」

「あぁぁぁ、すいません、どうも。失礼しました。あのねえ、旦那、ご足労ですけどねえ。一度長屋の外に、お出になって右行ってください。角にねぇ、米屋があります。米屋の脇が染物屋、その隣が荒物屋になっておりますから、そこが大家の家でございます、へえ。荒物屋たってねぇ、たいしたものは売ってねぇんですよ。『あら（荒）？　これは、もの（物）ですか？』っていうような荒物屋なんですよ。えー、ロクなものは無ぇくせに、他より高く売ってますからねぇ、誰も買わねぇんですけどね。まぁ、町内の連中はね、店が潰れちゃいけねぇってんでね、義理で買っといてやってるって、そういう店なんでござんすよ。まぁ、行きゃぁ直ぐ分りますんでね、はい。……いえっ、とんでもねえ、そういうことでござんすから、ええ。

あーあ、それでねえ、あの大家に会ったら言ってくださいよ、『店賃を安くするように』って、……無視か」


「おー、ちとものを尋ねたいが」

「こりゃどうも、いらっしゃいまし。おい、婆さん、座布団持ってきなさい。どうぞ、布団お当ていただいて」

「うん、拙者はな、只今表をお通りになった赤井御門守の家来であるが、そこの裏の長屋は、そのほうの差配《さはい》のものであるか？」

「ええええ、左様でございます。えー、手前の差配する長屋でございまして、何か長屋の者が粗相《そそう》でもいたしましたでしょうか？　そういうことがありますれば、わたしのすべて責任でございます。どうぞ、仰っていただいて。えー、もう、乱暴者ばかりがそろっておりまして、本当に申し訳なく思いまして」

「いやぁ、詫びには及ばんのだ。実はな、年の頃、十七、八になる器量《みめ》よき娘が、この味噌漉とやらを持って、裏のその長屋に入っていったが、どこの娘であるか？」

「えっ？　あぁ～、味噌漉を入ってったのは、どこの娘だ？　婆さん、分るか？　……

……お鶴か、ああ、そうか、そうか。へえ、確かに手前の支配内の者でございます。……

ええー、一見大きく見れば十七、八に見えたかも存じませんが、あれは未だ十三でございまして子供でございます。何か、粗相があれば、子供のしたことでございますから、どうぞご勘弁を願いまして」

「いやいや、粗相などないがな。何、十三か。はぁー、それは困ったな。実はこれは、内々のことであるがな、うん、殿のお目に留まり、お屋敷に奉公にあがるよう、その下話にまいったのだが、あー、十三では勤まらん」

「えっ、何でございますか？　お鶴が、そ、そうでございますか。それでございますれば、十八でございます」

「今、十三と申したではないか」

「いえいえいえ、それは何か粗相があったのかと思い、娘をかばう為に十三と申しましたので」

「……何、かばう為に十三と申したか……、家主というものは、はぁー、各こうありたいものであるな。うーん、親同然の家主、そうか、ではまことは十八なのだな」

「恐れ入りましてございます。まことは間違いなく十八でございますんで」

「で、その者に親兄弟は？」

「へぇ、お袋と兄がおりまして」

「そうか、では、兄にも相談をいたし、よろしければ」

「いえいえ、相談なぞはすることはないんでございますよ。この兄がやくざ者でございましてね。もう、家にもほとんどおりませんので」

「いや、やくざ者であっても、兄は兄だ。うん、また、お袋に話し、で、当人にも話をし、まぁ不承知であれば、これは仕方が無いことであるが、だが、承知をしてもらえるよう、そのほうからも申し付けてもらいたい。

　支度金のほうであるがな、望み通りとらせるぞ。うん、そしてな、もうひとつここで申し添えておくが、うーん、我が殿はな、大変堅い御方でな、まわりがお勧め申しても、妾《めかけ》、手掛《てがけ》という者をお持ちあそばさない。で、奥方はお世継ぎの若君がおられない。そこでな、その、かの鶴というその娘だ。お世取りなぞを生むことがあれば、大変な出世であるから、そこのところをよぉ〜く申し伝えるのであるぞ」

「はい、承知いたしました。はい、申し伝えますんで、えー、明朝お邪魔いたせばよろしゅうございますか？　はい、分りました。えー、お屋敷は？　はい、承知いたしました。どうも、ありがとうございました。はい、御免くださいまし。

　……おい、婆さん！　お鶴だよ。驚いたね、これは。お殿様のお目に留まって、こんな嬉しいことはないじゃないか。あぁー、おれの長屋からな。こういうものが一人でも出る。鼻が高けぇや。おい、ちょいとこれから、行ってくるから、羽織を出しておくれ、いや、何の中でも、こういうのは礼儀だから、羽織をな、ちゃんと着て行かなくちゃいけねぇんだ。ちょいと、行って来るよ。直ぐに帰って来るからね」

「おい、婆さんや、婆さん、居ないかい？　婆さん」

「何だい、まったく、婆さん、婆さんってさ。冗談じゃないよ。女は年とりゃ、みんな婆さんだろ。知らないのかい？　もうねぇ、一度婆さんになるとね、ずっと婆さんなんだよ。驚いたろ？」

「驚きゃしねぇや、本当に。くだらねえこと言って、いつまでも心ゆくまで婆さんやってりゃいいんだ……。そうなことはどうでもいいんだ。あたしだよ、開けておくれ」

「まぁ～、図々しいねえ。三合か五合くらいの酒の勘定があるからって、何ども催促に来るってもンじゃないんだよ。お帰りよ」

「あれっ、酒屋の御用聞きと勘違いしてんだなぁ。酒屋じゃないんだ、あたしだよ」

「あらっ、その声は大家さんですか、まっ、すいませんね。開いてますから、どうぞお入りになって。

まぁぁぁ～、大家ぁさぁ～ん、いつ見ても若々しい」

「同じ人間とは思えないなぁ、まったくなぁ。おっ、どうしたんだよ、おまえ？　そんな床なんぞを敷いて、丈夫なおまえが珍しいね。風邪でもひいて寝てたのかい？」

「そうじゃないんですよ、大家さん。これは仮病なんですよぉ。ほら、晦日が近いでしょう？　掛取りなんかが、勘定取りに来ますからねぇ。風邪だって、こうやって寝とくとねぇ。同じ言い訳するんでもねぇ、効き目が違いますよ」

「強《した》かな婆さんだな、まったくなぁ。そうか、今日は話があって来たからねぇ。上がらしてもらう」

「どうぞ、どうぞ、上がってくださいね。もう、仰ることは分かっているんで、ございますからねぇ、えぇえぇえぇ、もう雨露を凌ぐ店賃をねぇ、月々、きちんきちんと納めさせていただいている……夢を、よ～くみるんでございますねぇ。ええ、現実になりませんで、はっはっはっはっは、お休みなさい」

「おいおい、婆さん、寝ないでおくれよ。ちょいとね、相談ごとがあって来たんだ」

「あら、まぁ、相談ごとですか？　何でございますか」

「うん、いいお妾の口があってね」

「あらぁ、そうでございますか。まぁ、茶飲み友達一人や二人はおりますけど、妾だなんて恥ずかしい」（笑）

「おまえじゃないよ、こっちのほうが恥ずかしいよ。そうじゃない、娘のお鶴だ」

「あっ！　そぉでございましょうねぇ。なんかね、ちょっとね、少ぉーしね、変だなと」

「まるっきり変だよ。当たり前じゃないか、おまえなんか囲う奴がどこに居んだよ。

そうじゃないんだ、お鶴がなぁ、赤井御門守様というお大名のお目に留まってな、お屋敷にご奉公にあがるようにって、話なんだ。で、支度金のほうはな、望み通り取らせるってんだが、どうだ？　おまえ、不承知か？」

「そぉーでございますかぁ、まあすごいことに、嬉しいじゃありませんかね。いやぁー、それは、もう、もちろん承知いたしますよ。

いやぁー、そうですかねぇー。家はねぇ、貧しい暮らしをしてきましたからねぇ、あの子達には心根だけは貧しくなっちゃいけないと思って、明るく育てたんでございますよ。『大丈夫、いつかおまえたちは幸せになるからね、大丈夫だよ、大丈夫だよ、いつか、きっと、必ず』と根拠の無い自信を持って今日まで生きてまいりましたが、まぁ、本当にお鶴は、人を恨んだり、妬んだりしない、気持ちのいい子に育ちましてね。

で、そのしわ寄せが全部兄の八五郎へ行ってしまいまして、ほんと申し訳ない。大家さんには、迷惑しかかけておりませんね。もう兄妹で、全然違うんでございますからね。喧嘩はする。人のものは盗《と》る、店賃なんぞは払わなくても、『大丈夫だ。大丈夫だ』。あたしの言う『大丈夫』がここに使われるとは、思いませんでしたからね」（笑）

「はっはっは、そうだな。兄妹で全く違うな。そのな、乱暴者の兄のほうはどうしたんだい？　八公にも承知してもらわなきゃいけないから」

「いいんですよ、大家さん。あんな者は放っておいて」

「いや、そうはいかないから訊いてるんだ。どこに居るんだ」

「分りません、そんなものは。もう、家を五日も空けてますからねぇ。まぁ、心あたりは、これから捜してみますよ」

「頼んだよ。とにかく明日の朝まで返事をしなくっちゃいけねえんだから。会ったらな、直ぐに家に来るように、そう言ってとくれ」

「わかりました」


「大家さん、こんちはぃ。こんちはぃ」

「おっ、八公、ようやく来たな、おまえ。いいから、こっちへ上がんな」

「はっはっはっはっは、聞いたよ。お袋から粗方《あらかた》の話は。えー、お鶴の女《あま》が、大名の鼻にとまったってぇ」

「ハエだよ、それじゃあ。お目に留まったんだ。」

「あー、そのへんに留まったと思ったんだよ」

「うん、丸の内のな、赤井御門守様、立派なお大名だ。そこに奉公にあがるようにって話が来たんだが、どうだおまえ、不承知か？」

「冗談言っちゃあ、いけねえやぁー、べらぼうめぇー、合点承知《がってんしょうち》の助ってんだい」

「いいのか？　悪いのか？　どっちなんだ」

「あー、もちろん承知だよぅ。えー、その大名の名前なんてったっけ？　赤いキツネと緑のタヌキ？」

「蕎麦やうどんじゃねえや。赤井御門守様」

「あー、それだよ。いい、いい、いいじゃねえかよ。ここんと頃、建具屋の半公だよ。助平ッたらしい眼でお鶴を見やがってねぇ、あんなもんに持ってかれるくらいならね、殿様にくれてやったほうが、よっぽどいいからねえ」

「うっふっふっふ、まあ、半さんには悪いけれどもな、そりゃー、わたしだってお屋敷にご奉公させてやりたいよ。それでな、そのお支度金のほうだよ、お支度金を望み通り取らせるって言うんだが、おまえいくら欲しい？」

「えっ、そんなこと、あっちに訊くのかい？　弱っちゃったね、そりゃ訊かれたって困るでしょ、そりゃぁねぇ。初めてで、分らんねえもんね。相場は、いくら？」

「相場と訊かれても、こっちも困るがな。そうだ相手はお大名だからなぁ、もちろん、お鶴のお支度金から、お袋の手当、それとおまえもなぁ、ちょいと借金や何かあるんじゃねえか？　そういったものもな、よく考えて。それで、決めたらいい」

「ねぇー野郎ぅ、巧《うめ》ぇーこと言いやがって。そうだろう？　こっちの借金ってのは、早ぇ話が、たまった店賃、払えってンだな」

「馬鹿なこと、言うな。店賃のことなんか、ひとつも考えてない」

「本当かよぅー、嘘ついちゃいけねえってンだよ。顔に書いてあンだから、えっ。じゃあ何かい、店賃は、たまったものは、みんな、いらねえンだね？」

「それとこれとは話が違う。それはちゃんと払ってもらわなくちゃ」

「はっはっは、そうかい。心配《しんぺぇ》しなくっていいよ。銭があっても店賃は払わねえから」

「おいおい、あるなら払ってもらおうじゃねえか」

「分ってる、分ってる。そこンところをな、上手いこと考えてってことだろ？……じゃあ、これでどうだい？（指を一本立てて）」

「……そうだな、そのくらいあったらいいだろ。うん、これで十分だな。百両もあればな……」

「百両っ！ちょ、ちょ、ちょっと待ちなよ、えー。違うよ。おれぇ、高ぇかなと思ったけど、十両と思って、（指一本）こうやったんだよ。百両は、ぼり過ぎじゃねえか？」

「そんなことはない。相手は、おまえ、お大名だぞ。百両くらい、少ねえくらいなもんだ」

「そうかい、おう、分ったよ。じゃあお鶴に、うちの婆も付けちゃおう」

「向うが迷惑するよ」

「じゃ長屋ごと、やっちゃえ」

「向うにひとつも得はねえんだから、そんなこと言ったたって」

さあ翌日、家主がお屋敷にまいりまして、百両の支度金を頂戴し、お鶴はお屋敷にあがります。

お殿様のご寵愛深く、たちまちご懐妊をいたしますと、もう、玉のような男の子が。お世取りを生んだということで、お屋敷は、もう、大騒ぎでございますね。そうなりますと、〝お鶴《つる》の方様《かたさま》〟〝お部屋様〟と呼ばれて、もう、下にもおかないもてなし。奥方と同じ扱いを受けるという。こういういい話は、先ぐに長屋にも下りて参りまして。

「何をしてんだろうねぇ、あいつは、まったく。呼びにやると、来ねえんだから、しょうがねえ、八公。あっ、来た来た。おい、おい、八！　早く来い、何をしてんだ、おまえは。遅《おせ》えじゃねえか！」

「あー、どうも、大家さん。はっはっは、お懐かしゅう」

「何をいってやんだ、ほんとに、おまえを捕まえるのは、大変だよ。あるよもう一刻《いっとき》近く待ってんじゃねえか、本当に、えー。また、どうでもいい用の無《ね》え時は、眼の前ちょろちょろしてるくせに」

「そうなんだよねぇ。よく会うねぇ。ううん、うん、気も合うよ」

「合わないよ、おまえとは、本当に。そんなことは、どうだっていいんだよ、おまえ。今度な、お鶴が大変なことになったんだぞ」

「あれっ、なんか他人の物を盗んだ？」（笑）

「おまえじゃねえや、本当に。そうじゃないんだよ」

「そうじゃないってことは、無《ね》えでしょう？　わかんねえよ、お鶴だって……兄妹だからね。お鶴は、『お殿様の、心を盗みました』」

「何、噺家みてぇなこと言ってンだ、おまえは。そうじゃねえンだ。お鶴がな、お世取《よと》りを生んだんだ」

「……はぁ、そうかい……。そういうことは、お袋に言った方がいいんじゃねえか。何だって生んじまったんだ……、ニワトリを」

「ニワトリじゃないよ、馬鹿。お世取りだよ」

「何だい、それ」

「何だってな、男のお子さんを産むことをお世取りってんだ」

「あ、そうなのかい？　じゃあ、女の子を産んだら、雌鶏《めんどり》？」

「鳥じゃねえってそう言ってんだろ。とにかくな、大変な出世をしたんだ。あそこの奥方には、男のお子さんが居ない、つまり跡取りが居なかった。それを、お鶴が男の子を産んだ、跡取りになるってことで、大名になるんだ。わかるか？　だから、お鶴もそうだ。『お鶴様、お鶴様』と言われていたものが、『お鶴の方様、お部屋様』と奥方と同じ扱いを受けるんだよ」

「あれっ！　それぇー、すごいでしょ？」

「すごいんだよ、やっと気が付いたろ、おまえ（笑）。大変なことだぞ、滅多に無いことだぞ」

「本当ですね」

「そうだよ。だからおまえも、そうなんだぞ。兄妹だろ、もしかするとだが、おまえ、侍になれるぞ」

「なにぉぅ～。あっちが、侍《さむれえ》に！　ヨオッ！　嬉しいね、そりゃ、どうもねぇ。前からね、実はなりたい、なりたいと思ってたンだよ。言ったことは無いけどね。本当に思ってた。だってね、もう、大工にも飽きちゃったね、いいじゃねえ、侍。なるよ、うん、いいね、いいね。だってほら、あれだろう……。びゃっと斬っても、無礼打ちってえのか、斬っても罪にならねえンだよな？」

「まぁ、そういうことになってるなぁ」

「おれねぇ、侍になったらねぇ、斬りてえ奴が、一人居たんだよ」

「ほぉーう」

「誰だい？」

「誰だいってね。……大家さん、おめえだ」

「馬鹿なこと言うな。くだらねえことを言ってやがって。とにかくな、ここからだよ。

お殿様が『おまえに会いたい』と仰せられたんだよ。こんなことは、生涯のうち、いっぺんだってあることじゃないんだぞ。妹がそういうことになったから、そういった方にお目にかかれるんだ。ありがたいことだぞ。おまえもな、お屋敷に御慶びに上がらなくっちゃいけねえ」

「えっ！　殿様、おれに会いたいってぇ？　これから行くの？」

「そうだ。これから行くんだ。行くとな、お目録を頂戴出来る」

「……おもくもく？」

「おもくもくじゃぁない。お目録。お金をくださる」

「大名《でえみょう》ってのは、何でも金をくれたがるんだねぇ。いくらくれるンだい？」

「まあ、そうだな……、五十両は堅いだろうな」

「本当かい？　だって、この間、くれたんだぜ。あ、そう、いや、この間は、持ち付けねえもんを持ってねえ、何だかまわりに集《たか》られちゃって、今、文無しなんだよ。今、銭が入るってぇとねぇ、ちょうどいいんだよな。わかった、ちょいと、これから行って来ら」

「おいっ、待ちな、おまえ、なんだ、その着物《なり》で行こうってぇのか？」

「ええ？　悪いかよ」

「あたりめぇだ、いい訳ねぇだろう。大掃除の手伝いに行こうってんじゃねえんだ。ちゃんと、紋付の着物に、袴をつけなくっちゃいけねえ」

「そうかい」

「そうだよ。そういったものを、おまえ、持ってるか？」

「ああ、大丈夫《でえじょうぶ》、大丈夫」

「何だい？　持ってる？」

「うんうん、持ってる、持ってる」

「おい、感心な奴だなぁ。年中、尻切れ半纏《ばんてん》一枚だと思ってたけども、そうじゃねえのかい？　持ってる？」

「ええ、まぁ、ものは良くありませんけどね」

「いいよ、ものが悪くたって、持ってりゃ十分だよ。こりゃ驚いたな、見直したよ。持ってる？」

「持ってますよ。ええ、後ろの箪笥《たんす》の下から三段目を開けてくださいねぇ」（笑）

「これ、あたしンだよ」

「うん、そう。これから借りるんだから」

「何だ、おまえ。そういう話なのか。……ちょっと待ちなよ、何で、おまえ、下から三段目にあたしの紋付袴があること、知ってんだよ」

「知ってンだよ、こりゃねぇ。この間の留守のとき、裏が開いてたから、上がらせてもらってね。で、前からたんすの中が気になって、何が入っているのかなぁーと思ってさぁ。全部見たらさぁ、ほいで分かったんだよ。あっ、婆さんのへそくりも見つけた」

「おい、おい、婆さん、駄目だよ。ちゃんと締りをして出ねぇと、物騒じゃねえか、本当に。

あー、わかった、わかった、おれの着物は、そっくりおまえに貸してやるから、それから何だぜ、おまえな、ちゃんと湯に行ってな、床屋行って、さっぱりして来なきゃ、いけねえ」

「ええ、行ってきました」

「ああ、それで、いい。じゃあなぁ、着物は全部ここへ出しておいたからなぁ。仕度をしな。さあ、着物を着たか？　じゃあ、今度は袴を着けろ」

「これが難しいねぇ。はかねえから、普段、つけねえからねえ。でも、今日はね、上手いこと付けられた。ねえ、前にちゃんと棚が来るだろ？」

「それ棚じゃないんだ、腰板《こしいた》だ、それは。後ろに回すもんだ」

「へっへっ、大丈夫だよ。こうやってねぇ、プッ（手につばきを付けて）」

「それが回るか？　おまえは。履き直せ」

「履き直すの？　わかった、わかった。ほら、今度は履き直して、腰板ね、これ。後ろに、ちゃんと来た。これでいいんだろ。ただ、さぁ、これ、どういう訳なんだよ、これ、左だけ、びらびらびらびら、こうなってんの」

「婆さん、ご覧よ。かたっぽに両足突っ込んじまったんだよ。履き直せ。え、真ん中に、こうなぁ、仕切りがあって、片っぽづつ入れるんだ、足を。やんなさい」

「面倒くせーね、ほら、履いたよ。これでいいだろ。で、はさみ貸してくれる？」

「はさみ？　どうするんだい？」

「紐が長えから、ぶった切るンだい」

「馬鹿なこと言うな。切られてたまるか。その余ったところは、その脇に、脇に、こう捻じ込んで、そうそうそう。うん、馬子にも衣装ってぇ言うけどなぁ、立派になったなぁ。で、お屋敷の場所は、分かっているな。うん。でー、ご門番に会ったらな、『お広敷《ひろしき》に通ります』と、こう言わなくちゃいけねえぞ。黙って入るってぇと、捕まって打《ぶ》たれるからな、気をつけろ、いいな。で、『どなたにお会いになるのか』と訊かれたら、『田中三太夫《さんだゆう》というお方にお目にかかります』と、こう言うんだぞ。ご重役でな、万事心得てらっしゃる方だから」

「おうっ、分ったい。へっへっ、じゃあ、上手えこと、やっつけらぁ」（笑）

「おまえはねぇ、言葉が乱暴でいけないんだよ。とにかく丁寧《ていねい》にな。いいか、頭には、〝お〟の字を付ける。で、おしまいには〝奉る《たてまつ》〟を付ければ、大概《たいがい》、丁寧になるから」

「ああ、そうすか。上はおの字、下が奉る。おったてまつるだ」

「何を言ってんだ、おまえは。心配だな、大丈夫かな？」

「大丈夫、大丈夫。大丈夫っすよ」

「そうか、くれぐれも言葉は、丁寧に頼むぞ。あっ、そう言えば、雪駄を出してなかったなぁ」

「あ、大丈夫だい。新しいの出したから」

「お、そうかい？　そりゃ感心だな。見させてもらおう……。

おい婆さん、これ、あたしンじゃないか。

これ。まだ、わたしが履いてないんだ」

「おう、そうかい。ちょうど良かったよ、今日は日がいいから、縁起がいいんだから、履き清めてやるからね。じゃあ、行って来るよぉー。

はっはっはっは、どうだい、立派になっちゃって。そうだよ、折角こんな立派な着物《なり》してんだからなぁ、お袋に見せてやろうじゃねえかぁ。

おーう！　婆ぁ！　居るかい！　あれ？　居ねぇね。声だけ、どっかで聴こえる。

あっ、はっはっは、何だよ、井戸でもって、『初孫だぁ、初孫だぁ』。はっはっは、みんなで踊り狂ってやらぁ、しょうがねえな、まったく」

八五郎は立派になった容姿《なり》をお袋に見せますと、お屋敷に飛んでまいりまして、

「ここだなぁ。

こんちょわぉーい！　こんちわーい！」

「これこれ、おー、待て待て。おー、そのほうは、何れ《いず》へ通るけ？」

「何すか？」

「何れへ通るけぇ？」

「とおるけぇ？　向こうへ、通るけぇ」

「怪しい奴であるな。

でも、怪しいと申しても、紋付に袴姿であるな。そのほうは、何者であるけ？」

「は？」

「何者であるけ？」

「え……人間であるけ」

「んなことは、分っとるけ。そうでは、にゃぁだ。どういう用で、ここへ来たかというのを、訊いとるにゃぁー！」

「猫だね、まるで。……妹の、お鶴が居るんで」

「……お鶴？」

「だからさぁ、殿様の妾《めか》ちゃん」

「妾《めか》ちゃん？」

「じれってぇなぁ。だからさぁ、お鶴が捻《ひね》り出したんだよ、ニワトリをよぉ（笑）。お鶴、お鶴」

「……お鶴の方様……お世取りを……お産み……そのお兄上でござるか？」

「分ってんじゃねえか、そうだよ。通してくんねえかな？」

「何れへまえるけ？」

「……うん、あれだぁ、聞いたんだ、えーと、風呂敷、風呂敷、風呂敷に通るんだい」

「風呂敷？　……お広敷」

「それも分ってんだね、そうそう、そうだよ」

「どなたにお目にかかる？」

「田中三太夫って人に会う」

「これ貴様、無礼なことを申したな。田中三太夫って人と言うのがあるか」

「人じゃねえのぅ？」

「人には違えねえが、そう言ってはいかん。田中三太夫殿、当家の重役である」

「重役だか、重箱だか、知らねえけどさぁ。教えてくんンないかい？」

「うん、この御門を潜って、まっすぐ行くと、左手に馬場があるは、その馬場を越えると、右手に柳の木があるは、その向うに井戸があるは」

「そこからお化けが出るは」

「まぜっかえすな。そんなものは、出やせん。その奥が、お広敷でござる」

「は、そうすか。どうも、ありがとうござンした。

ふっふっふっふっふ、てえへんに訛った野郎だったね、こりゃ、どうもね。へっへっへ、まっつぐ行けって、ああ〜これ馬場だ。広いね〜、馬場。そいで、あっ、柳の木、こえたんだ、これね。柳の木はあるけどさ、井戸、ああ、井戸もあったよ。で、何だよ。それで、お広……広い玄関だね、こりゃねえ。お広敷とは、よく言ったもんだ。

ちわー……、まっぴらごめんねぇ……、わぁーい……、居ねえのかな？　おっ奉るよぉぅー、留守か」

「何用だ」

「あっ、どうも」

「ん？　出入りの町人であれば、作事場にまわりなさい」

「いやぁ、そうじゃねぇんですよ。田中三太夫ってぇ、殿《どの》に会いに来たンですね」

「妙なところに殿を付けるんだな。田中三太夫殿、当家の重役であるぞ。あー、田中氏に御用か？　そのほうの性《せい》は？」

「五尺三寸」

「背丈を訊いておらん。そのほうの名じゃ」

「あああっ！名前ね。（江戸弁で）八五郎ってンですよ」

「ん？」

「八五郎ってンですよ」

「はっちょう、ごろっ店？　露天商でも商んでおるか？」

「はぁっ！　はっちょう、ごろっ店？　すげえ呼ばれ方しちゃったね、初めて聞いちゃった、こっちは。違えますよ。八・五・郎ってンですよ！」

「……八五郎、おおっ、お鶴のお方様、お兄上、八五郎はご貴殿でござるか？」

「ようやく分った。ご貴殿、ご貴殿（機嫌）よろしゅうござんす」

「これはどうも失礼いたした。田中氏、お待ちでござる。暫《しば》し、お待ちを」

入れ替わり出てまいりました。

「おー、これはこれは、お待たせいたした。そのほうは、お鶴の方様、お兄上、八五郎殿でござるか？」

「ええっ、うぃっす、おまえさんは？」

「拙者、田中三太夫と申す」

「おおっ、あんたが三《さん》ちゃん！」

「……三《さん》ちゃん？　先が案じられるのぅ。殿がお待ちかねである。身に着いて同道《どうどう》いたせ」

「ああ、懐かしいね。ここでやんの？　どうどうってね。お馬さんごっこ」

「そうではない。身についてまいれ」

「ついていくんですか、そうですか。あっ、三太夫さん、ちょっと待って、履物、脱ぎっ放し。あれ、どうしようかな？　大家の借り物だからさぁ。一回も履いてねぇってものを借りてきちゃってさぁ。紛失《な》くなると愚図愚図言うんだよ。懐に入れておいた方がいい、これ？　なくなンねえかなぁ？」

「そんな心配は要りません。よいから、同道」

「わかりやした。……わっ、広っ。広いね、こりゃぁ。長い廊下！　庭、これ、すごい、いつまでも、庭。うわぁー、凄い松の木が、へえっ！　ここ任されてる植木屋、てえへんだ、これぇ。一人でやってんのかねぇ、これねぇ。えっ、こっち、ここを左へね。わかりました。左へね」

「その先を右へ」

「あー、右へ、分りました。今度は右ですか、へぇー、うわぁ、お部屋がいっぱいありますね、これ、沢山、お部屋だらけですよ、これ。うわぁー、これみんな住んでんの、うわぁ、本当、うわぁ、すごい。これ店賃、いくら？」

「家賃なぞは、ありません」

「ねえの！　ちんたな無しっ！　うわぁー、マジ、やべえよ。スッゲェー、住みてぇー。へぇー、えっ？　ここを右、ああ、わかりました。また右……」

「今度を左へ」

「ちょ、ちょ、ちょっと待ってくれよ。えっ、未《ま》だ、行くの？　ちょっと、分んな、……こんなに行くとは思わねえからさぁ、帰り、一人で帰《けえ》れねえよ、こっちはぁ。分んなくなっちゃう、こんなんじゃ。角々《かどかど》、小便しときゃぁ、よかったなぁ」

「馬鹿なことを申すな。帰りは、また身共《みども》がお送り申す」

「ああ、そうすか？　へぇ、分りやした。えっ？　ここで、待つの。あぁ〜そうすか。……　すごい。本当に、お屋敷はすげえや。長屋じゃないんだなぁ……」

「しぃいぃー」

「え？」

「しぃいぃいぃいぃー」

「猫が来た？」

「しっ！」

「へぇ？」

「そうではない。……御前前《ごぜんまえ》」

「へ？」

「御前前」

「……朝食《あさく》ってねんだ、よくわかったねぇ。何か、食わしてくれる？」

「はぁー、御前、間近」

「あっ、もう直ぐ食わしてくれるの？」

「お殿様のお部屋」

「……殿様、居るの？　ここに？」

「暫時《さんじ》、控えなさい」

「えっ？」

「控えろ、控えろ」

「ヒキガエル？」

「シー、どたまを下げ」

「えっ？」

「どたまを下げ」

「ど、た？　痛《いた》っ！　何すんだい！　頭を下げろぅ？　頭なら頭と言うがいいじゃねえか、どたま、どたまって分らねえよ、こっちは。そんな日本語、知らねえもん、こっちはよう。気安く頭触ってもらいたくねえんだよ。長屋でこんなことしてごらんよ。喧嘩になるんだぜ、本当に」

「……暫時、そこに控えなさい。

申しあげます。お鶴の方様、お兄上、八五郎殿、これに控え居ります」

相《あい》の襖が、サラーリと開きますと、一段高いところに、お殿様。

「おぉ、鶴の兄、八五郎はそのほうか？　余は、赤井御門守である。苦しゅうない、近う寄れ。面《おもて》を上げぇ。……面を上げぇ。……三太夫、如何いたした？」

「はぁー。

面を上げろ。面をあげろ」

「へっ？」

「面を上げぇぃ！」

「……表、あげるのぅ？　無理だよ、こんなすげえ表、どうやってあげるんの、これ一人で？　仲間、五、六人呼んで、えんやらやって、あがるかどうか……」

「そうではない、頭を上げろ」

「だって、頭下げとけって」

「今度は上げるのじゃ」

「上げたり下げたりさぁ。わかった、（顔上げて、今度は慌てて目を伏せる）あっ、……何だ、今、目の前がピカピカって光ったよ。大変《えれえ》もの見ちゃった、こりゃあ、どうもなぁ」

「八五郎、鶴が男子《なんし》出産をいたし、余の世継ぎである。余は、満足に思う。そのほうは、どうじゃ？　……そのほうはどうじゃ？　……即答。即答……」

「これっ、即答をぶて」

「へっ？」

「即答をぶて」

「……殴《ぶ》っていいの？」

「早く、ぶて！……、痛っ！　何故、身共の面体《めんてい》を打つ？」

「これ、これ、乱暴をいたすな。二人そこで、何をいたしているのじゃ？　何、『即答をぶて』と、『頭《そっぽ》を殴《ぶ》て』とを、間違えた。……三太夫、間違えだ。許して使わせ」

「はぁー。

　何故、わしの面体《めんてい》を打つのじゃ？　お答えを申し上げるのじゃ」

「分らねえよ、だから。言ってよ、それなら、そうだって。『そっぽぶて、そっぷぶて』、言ったでしょ？　『早くぶて』って、ぶたなきゃいけねえと思って、ぶったんだから。勘弁してくれよ、ほんとぅ。えっ、何、何がはじまるの、今度？　何か、言っていいの？　本当に？　斬られない、言って、大丈夫？　……分ってる、丁寧にだろ？　大家から、聞いてるっからぁ、『おっ奉る』だろ？

　お殿様で、奉るか？　お手前は、お八五郎様で奉る。お鶴は、ニワトリを奉れば、メスなら雌鶏奉る。おもくもくを頂戴奉ると言ったのでぇ、大家が、『おまえも行ってみろ』

と奉れば、『いくらぐらいもらえるのか？』と訊けば、『五十両は堅いのではないか』と奉り、それなれば参上奉ろぉーと言うことで、奉ったのでござる奉るぅ」

「三太夫、この者の申していることが、余には一向に分らん」

「殿様が、おまえの言っていることがお分かりがないと」

「そりゃ、そうだよ。おれも何言ってるか分ってねえんだから」

「その方、余に逢《お》うて、言葉を丁寧にいたせと申し付かったのではないか？　本日は、無礼講じゃ。朋友《ほうゆう》にもの申す様、そう、伝えろ」

「は、はぁー、有難き幸せにございます」

「何、何々、どうしたの？　何を有難がってんの？」

「有難き幸せにぃー」

「一人で、有難がたがったり、幸せがったりしないで、おしえてくれよ。何？　どうしたの？　うん、友達と喋るように話せ？　えっ、誰が言ったの、それ？　殿様が、言ったの？　今、……苦労人だねぇ。なかなか言えないよ、そんなこと。そうかい、友達と、いいの？　そうなりゃ、こっちは占め子の兎だ。へっへっへ、窮屈でしょうがなかったんだよ」

「何故、胡坐《あぐら》をかくんだ？」

「三太夫、控えておれ」

「控えておれって言ってんだから、どうも！　殿さん。ありがとうございます。あっちはねぇ、八五郎っていいます。ええっ、お鶴が赤ん坊、産んだんですね。ほんと良かったと思って。……もう、長屋の連中、大家ね、みんなよろんでンだ。うん、……あのぅ、お鶴は、可愛がってもらってるようで、ありがとござんす。……良かったなぁっと、思って。お慶び申し上げます」

「うん、八五郎、その方は、酒《ささ》を食べるか？」

「……、いろんな物を食って来ましたねぇ、貧乏でしたから。でも笹は食べない、え、ええー。何、あっ、『酒を飲むか？』って言ったの？　おおっ、酒なら浴びるほどやります」

「左様か、膳部《ぜんぶ》の仕度をいたせよ」

「……、ちょっとどうしたの、これ？　何かしくじったんじゃないか、みんな立ち上がって、ぞろぞろぞろぞろ、出て。え、出て来の、おれたちも？　座ってて、いい。何、何、ああああ、戻って来た、戻って来た。何、何、何、何か置いた。あっ、食い物だよ。あ、何、この数、これから何、宴会がはじまろうっての？　みんなで、どんちゃん騒ぎが、え、違うの？　おれだけ、えっ、これ全部、一人前なの、これ？　え、ちょっと、多いよ、これ。食えないよ、こんなに。こっちは塩摘んだだけで、五合《ごんごう》飲《や》っちゃう男なんだからさぁ。無駄でしょ。半分でいいって、今、膳部の仕度って、全部は要らないって、そう言って。

だって、ちょっと、ちょっと、殿様ぁー、見栄張るのは、よそうよ。お互い、懐都合、苦しいんだから」

「何を申す！」

「三太夫、控えておれ。

誰ぞ、酌をしてつかわせ」

「あー、そうすか、すみません。すげえことになっちゃったな、何すか、この金蒔絵のピカピカしたこんな大きな杯で、はい、そうですか、どうも、すみません。……酌してくれますか？　すいません、どうも、お婆さん」

「これっ！　婆さんと申す奴があるか、当家の御老女」

「えっ？　御老女？　あぁ～御老女とお婆さんは違うの？」

「……違わないが、そう言ってはいかん」

「そういうもんなんだ。

ああ……、どうも、すいませんでした御老女のお婆さん。酒注いだら、中の絵がキラキラ光ってやんだ、これ……。

殿様、頂戴いたします。……これ、美味え酒、これ。こんな美味い酒、はじめて飲んじゃった。安くないね、美酒《これ》ねえ。一合、いくら、痛《いた》っ、何だ？　こぼれるよ」

「三太夫、控えておれ」

「そうだよ控えておれ、三太夫ぅ〜」

八五郎、空きっ腹に大きな大杯で五、六杯ひっかけたもんですから、すっかり酔いがまわって、

「どぉーも、殿様ぁ、今日はありがとうござぁました。あぁー、いい心持ちになっちゃった。何か、注がれるままあ、どんどん飲んでね。こんなになっちゃったぁ……。ほんとは今日は、来たくなかったンですよね。大名《でえみょう》と付き合うとね、仲間内の付き合いが悪くなるんですよ。で、何でかなってぇ、思って、……嫉妬《やきもち》だぁ、あれ、男のね。面倒臭ぇー、男の嫉妬《やきもち》は。だからねえ、来たくなかったんですよね。こんな着慣れねえ物をねえ、着せられちって、ほんと、嫌だった。

でも、来て良かった。殿様ね、あっちは、こういう男なんですよ。あっ、付き合ってみてください、悪い奴じゃねえんですよ。ほんと、だから飲みに行けば分りますよ。殿様に勘定、払わせませんから。そういう男、八五郎っす。よろしくお願いしまっす。

殿様の為だったら、何だってしますよ、あっしは。ええ、ほんと。そういう、男だよ。そう思ってもらっていいですよ。だって、困ったときは、お互い様でしょ。だから、何でもします。その代わりと言っては何ですが、……妹のお鶴をよろしくお願いします。それだけです、ほんと。

（驚いて）……いつから？　最初から？　居た、そこに？　おい、あんちゃん、分んなかった。何だよ、声かけろよぉー、おまえ。綺麗になっちゃって、まあ。ばーか、お鶴」

「これ、無礼者！」

「何が、無礼だよ！　妹に声かけて無礼なのかよ？　訊いてみろ、ほんとに。なあ、おれの妹だよな？

あんちゃんだって、言ってんじゃねえかよ。控えておれ、三太夫。

いいですよね、殿様ねえ？　殿様ぁ、これねぇ、妹です。ほんと、兄妹なんです。でもね、あっしとは全然違うんですよ。だから、違う生き物だと思ってもらって、いいと思います。

でもね、同じお袋から生まれたんですよ。そのお袋はね、……喜んでました。『初孫だー、初孫だー』井戸をぐるぐる回って、長屋の連中と踊ってやんの。家から声かけて、『おーい』……。お袋、家にへえって来た途端、黙っちまう。目に涙、一杯溜めてね。『会いたいよぉ』って言う。……『おめでてえ、おめでてえ、良かったね』って、みんなに言われて、良かったには違えねえ。『でも、会いたいね。……娘にも、その孫にも会えねえ』って、身分が違うってのは分ってたけど、……『こんなに辛いと、知らなかった』って。長屋の衆には、見せねえんですよ、その顔は。でね、家へ帰《けえ》ってあっしの前でね、おれ、初めて見ちゃった、親がね、ガキみてえに、べーべー泣いたんだ。どうしたらいいんだと思ってよ。

殿様ぁ、あっしねぇ、無礼な男なんでね、無礼ついでに言いますよ。お袋に、孫を見せてやりてえんでね、……いっぺん、駄目ですかね？　抱かしてやりてえんですよ。……お袋の泣いた顔が、離れないんだ、こっから。

……えっ、いいンすか？　……え、本当にいいンすかぁ？　ありがとうございます。

鶴、良かったなぁ。

えー、もう、喜びますよぉ！　もう、ものすごく喜びます。ありがとうございます。本当に、ありがとうございます、良かった。良かったなぁ、今日来て。……駄目だこりゃ、酒が湿っぽくなっちゃった。

何かねぇー、唄でも唄いますかねぇー」

「おお、何か、珍歌《ちんか》があるか？」

「男ですからねぇ、ある、えー、違う？　珍しい歌？　珍歌って。あの、殿様ねぇ、珍しいかどうか、分んない。都都逸《どどいつ》なんて、どうです？　乙な文句は、あるね。『三日月は』ってん、『痩せるはずだよ　ありゃ病み（闇）あがり　それにさからうホトトギス』なんてなぁ、どうですかねぇ？」

「おう、左様か」

「都都逸聴いて、『左様か』って初めてだ。すげえ返答、返ってきちゃった、これ。ええっー。三ちゃんもっとさぁ、遊ばせた方がいいよ、殿様。

こういう時はねぇ、ヨウヨウとか、言うといいんですよ。ねえ？

♪　この酒を　とめちゃやだよ　酔わせておくれ　まさか素面《しらふ》じゃ言いにくい
なんてぇのは、どうです？」

「……よーよー……」

「はっはっは……こんなカチンコチンの『ヨウヨウ』、はじめて聞いたぁ。言ってくれたよね？　すごいよね、これねぇ。嬉しくなっちゃった。ありがてえね、どうも、ねえ。

どっか、行こうじゃねえですか？　殿公《とのこう》！」

「殿公って奴があるか、貴様!!」

「三太夫、控えておれ」

「控えておれ、三太夫ぅ～。

殿様、よくこんなもの飼っとくねぇ、これねぇ。

そのほうは、切腹を申し付ける」

「はっはっは、面白い奴だ。うん、この者を抱《かか》えてとらせよ」

さあ、これから八五郎が出世をいたします。「妾馬《めかんま》」、おめでたい一席でおひらきでございます。

◆対談・落語家のトリヴィア　三

「落語は口伝って？」

三遊亭兼好 ＆ 十郎ザエモン

十郎ザエモン　古典落語は口伝《くでん》で伝承されるということなんですが、要するに知っているからといって勝手に演じてはだめだと。

兼好　はい、ここが素人落語というのと、プロの落語の唯一の違いといってもいいんじゃないですかね。ほかのスポーツだとか芸術みたいに、圧倒的にプロの方が、素人に差を付けて技術があるからというものではないので。

十郎ザエモン　そうですね。

兼好　下手すりゃ一席だけやらせると、プロなんかよりうまい素人さんがいるので、唯一違いというのは、ちゃんと師匠から習うというところ――。実際やっぱりあの、口伝でないと分からないものも結構ありますし。

十郎ザエモン　もちろん仕草も含めてですね。

兼好　はい、仕草も含めて目の動かし方だとか、手の置き方だとか、実はこのせりふはこういう気持ちでしゃべるんだよとか。そうすると、同じ「ばか」という一言でも、こういう気持ちでしゃべると違う意味合いが含まれてきて、お客さんに通じるんだよ――というようなことが、教われるのは口伝だからですかね。

十郎ザエモン　なるほど。

兼好　そこはもうビデオを見たりでは、ちょっと分からないところでしょうね。

十郎ザエモン　あと素人だと、違う落語のくすぐりとか、別の落語のギャグをこっちの落語に持ってきて入れて、それで笑わしちゃうとか……、これも絶対だめですよね。

兼好　それはやっぱりいけません。御法度になります。

まず前座ではじめに覚える噺は、二席、三席目ぐらいまでは、いまだに三遍稽古でやっていますね。昔から三遍稽古というのは、まず向かい合って短い噺を師匠がしゃべるんですよね。で、翌日また家へ呼んで掃除なりをさせて、じゃあ、もう一回と言ってしゃべって、帰る。三度目もそれをやる。で、四日目に「もう覚えたろうからやってみろ」というのが基本なんです。

十郎ザエモン　現在でもやっている師匠はいらっしゃいますか。

兼好　えー、前座のうちの二席目ぐらいまでは、皆さんそうしているんだと思いますね。

十郎ザエモン　なるほど。それはもういきなり、テープレコーダーや今だとＩＣレコーダーとかというのは、さすがに。

兼好　テープレコーダーというのは、ないですね。もちろんもう今は忙しい時代なので、師匠方も忙しいですし、テープで取ることが多くなっていますけど、やっぱり最初はね。

十郎ザエモン　基本はやっぱり対面でまずお互い座って、

兼好　それでたいがい覚えていったわけですから……。毎回、微妙に違ってよかったんですよ。

十郎ザエモン　前座のうちは余計な、自分で考えたギャグとか、やっぱり入れるなと言われるんですね。

兼好　そうですね。あの、実際やっぱり入れない方がいいですし。お客様のうけもいいですし。

いずれ自分で考えなきゃいけないんですが、どの道素人が入って自分で考えてすぐやってうけるって、すごく難しいんです。

十郎ザエモン　まあ、でしょうね。

兼好　だからもしそれをやるんなら飛び抜けて面白ければ別ですが、そんな人は、そうそういないですから、やっぱりそこは抑えて、しばらくたって自分のギャグを入れるようになったら面白いだろうなって期待させて、前座のうち終わるというのが一番いい形でしょうね。

兼好　応挙の幽霊

『応挙の幽霊』三遊亭兼好

2013年7月5日
日本橋社会教育会館
人形町噺し問屋　其の41より

パスワード　20131211

『応挙の幽霊』

日本絵画の巨匠・円山応挙が描いた幽霊の掛軸から、絵に描いた女の幽霊が抜け出して、道具屋の男と酒を飲んだり、都都逸を回しっこしたりと、幽霊が登場するのに怖くない噺です。人によっては、滑稽噺に分類することもあるようです。

元々のサゲは、散々飲んで騒いだ女の幽霊が軸に戻って寝てしまい、明朝買主に届ける約束をしていた道具屋が、「困ったな。明日までに酔いがさめるかしら」と嘆くところがオチでした。

現在ではほとんど演じられない古典落語を、掘り起こして高座にかけたり、講談を落語に作り変えたりする三遊亭兼好師匠らしい演目で、本書に収めた兼好師の型は幽霊と道具屋が夫婦の約束をします。幽霊のほうから道具屋を口説く雰囲気で、単に騒ぐだけの『応挙の幽霊』にはない可愛らしさが印象的です。

※音声配信の『応挙の幽霊』は、２０１３年10月に発売したＤＶＤ「三遊亭兼好落語集　木乃伊取り／粗忽の使者／応挙の幽霊」（ＴＳＤＳ-７５５４１）の音声部分を二次使用したものです。予めご了承下さい。

『応挙の幽霊』　三遊亭兼好

江戸時代、その時分から幽霊画と申しますと「応挙《おうきょ》」と決まっておりました。応挙といえば幽霊画、幽霊画と言えば応挙と言われるぐらいに、応挙の幽霊と言うのは有名でございます。

これは、もう、江戸時代いろんな書物に出てまいりました。とにかく、応挙の幽霊と言うのは恐いばかりじゃない、美しくて、何とも品があって、こんなにいい幽霊画は無いと、されておりますねえ。

実際、幽霊に足が無い工夫したというのは、円山《まるやま》応挙と言われております。あと、柳に幽霊という、これも円山応挙の工夫だと言われておりますねえ。ですから幽霊画の元祖みたいなもンで。

またぁ、その前には、いわゆる妖怪じみた画が主流だったんですが、この円山応挙が描きました幽霊というのがとても美しい、可愛らしい、儚《はかな》い、観ている者が思わず、すっと入り込む様な本当に素晴らしい……、いいンですねぇ。

いいもンですがと言いながら、実際にこれだけ有名で本人も沢山描いたはずの応挙の幽霊が、不思議なことに未だに一枚も、「確実に本物だ」という真筆《しんぴつ》が無いンです。これが不思議なんですねぇ。

「まぁ、これはそうじゃないかなぁ」……というのはあります。「そうじゃないかなぁ」というのは何枚かある。それこそ全生庵《ぜんしょうあん》に一枚ありますねぇ。それから青森のお寺さんに一枚ある。これは「間違いなく応挙でしょう」と言われております。ただし、まだ本当の証拠が無い。だから、この二枚ぐらいですかね、「本物かしら」というのが……。

お弟子さんの例えば長沢蘆雪《ながさわろせつ》だとか有名な人が模写した「応挙の幽霊」ってのは、沢山あるんです。ところが、沢山に描いたはずの「応挙の幽霊」だけは、未だに「これだ」ってのが無いンですねぇ、不思議ですね。

ですから、昔から「なぜなんだろう?」というンで、一説には、あまりにもいい幽霊なんで、こいつは描いてぇしばらく置いときますと、軸から出るんだそうですね（笑）。出てぇ、彷徨《さまよ》ってしまうので、暫く置いておきますと無くなってしまう。だから、「いくら描いても『応挙の幽霊』というのは無いんだよ」と言う、そんな説があるくらいで。

ですから、幽霊の画なんて観ておりますというと、やっぱり、とりつかれるほうはとりつかれるンでしょう。好きな方はたまりませんで、「いくら出しても買おう」なんて、そういう連中は沢山に居りまして、

「こんちは、こんちは、居るかい?」

「へぇ、あっ、どうも旦那、いや、あの昼間に伺ったんでございますが、留守だとお聞

きしまして」

「今ね、ちょっと用があって表へ出てたんだ。家に立ち寄ったら、おまえさんが来たてぇからねぇ。まぁ、また、これから行かなくちゃいけないンだけど。おまえさんが、わざわざ、家まで来てくれたてぇからねぇ、気になってねぇ、何かいい画でも手に入ったのかい?」

「それなんでございます。ええ、旦那の大好きな幽霊の軸《じく》が出まして」

「幽霊画が? そうかい、……いや、どうせロクなもンじゃないんだろ? いやぁ、いやいや、分ってるよぉ。正直なところねぇ、おまえさんだけじゃないんだ。他にもいろいろと、わたしも声をかけてますよ。ところがまあ、いい幽霊画てぇのは、……昔はあったんでしょ、昔はあったんでしょうが、もう、収まる所に収まって出て来やぁしない。だから、今時ねぇ、出てくるもンなんて、ロクなのがないよ。

こないだも、子供に追われて泣きながら逃げてる幽霊だとかね。蚊帳《かや》の外でもって、蚊に食われてちょと痒《かゆ》がってるとかね(笑)。しまいにゃぁ、行灯《あんどん》の油舐めようと思って、火傷して熱がってるなんて(笑)。まぁ、ロクなのが集まって来ないんだ。どうせ、おまえさんのも、その手だろ?」

「いえいえ、そうじゃないんです。こらぁっ、本っ当ぅにいい幽霊です。こらぁ、もう、美人画と言っても間違い無い」

「美人画ぁ？　へぇー、そんなもの、どこで手に入れた？」

「はい。仙台の方へ、ちょっと用がありまして、その帰りでございますが、汚い宿に泊まりましてねぇ。人が一杯でございますから、わたくし、行灯部屋の様なところへ通されました。そうしましたら、奥に、甲冑《かっちゅう》でしょうかねぇ、そうぼろぼろになった物や、茶の道具や何かございましてねぇ、『はあはー、成程《なるほど》この家は昔は栄えたンだろう』と、そんなことを思いながら床へ入りました。

ふっと見ると枕元に、掛軸《かけじ》が五、六本、転がってるんです。商売柄、何だろうと思って、何気なくすぅーっと開けて観て……驚きました。

間違いございません。『応挙の幽霊』です」

「……応挙の？　なに、円山応挙の？　幽霊？　ほんと、……いやいや、無いよ、無いよ。そんなものはありゃしないよ。今時、そんな田舎だろ？　『応挙の幽霊』がある筈が無い」

「本当なんです」

「じゃあ、見せてごらん」

「ええ、この軸でございます。……これで、ございます」

「……は、はぁー、……見事なもんだねぇ」

「そうでございましょう？　これは間違いなく『応挙の幽霊』でございますね？」

「……いやぁ、……はぁー、いやぁ、違うよ。……ああ、確かによく出来てる。確かによく出来ちゃいるが、こらぁ偽物《ぎぶつ》だねぇ。えーえ、偽物です。今時出るはずが無いよ。第一、良過ぎるよ。こんなに良過ぎる応挙が、今時ある筈が無い。こらぁ偽物ですよぉ」

「やっぱり、偽物でございますか？」

「ああ、幽霊画だけはね、わたしのほうが見る目がありますよ。ええ、こりゃぁ、偽物です」

「そうですかぁ～、いやぁ～、わたしはこりゃ本物だと思ったんでございますがねぇ。でも、いい、いい幽霊でございましょう？

……わたしゃ、初めて観た時にゃ驚きました。一目惚れてぇ奴です。もう、どきどきどきどき致しました。惚れました。あー、これが女房だったら、どれだけ良いかと（笑）。生身の人間なんかよりもねぇ、よっぽどわたしは、いい女だと思いましたぁ」

「確かにそりゃ、そうだ。こりゃ、いいね。確かに人間の生きてる者よりも、よっぽどいいよ、こりゃあ。おまえが女房に持ちたいその気持ちが分る。生きてる人間でもなぁ、『化けてんの？』ってのは、一杯いるもんなぁ（笑）。いるいる、それから比べりゃこりゃたいしたもんだ。……偽物でしょう、偽物でしょうが、これだけいいのは、なかなか無い。これが他の手に渡るのは悔しい……。よし！　分りました。これ、わたしが頂きましょう」

「ありがとうございます」

「ま、ま、ま、頂きましょう……ですが、偽物と言ってもこれだけいい幽霊だ。安かぁ無いんだろ?」

「え、ええ、そうでございますなぁ。もう、五人ばかり、『欲しい』という者がございまして、まっ、百円と言いたいところでございますが、旦那にはいつもお世話になっておりますンで、十円差っ引きまして、九十円では如何でございましょう?」

「九十円? 九十円ねぇ、まぁ、画もいいが、値もいいね、こりゃぁ。あう〜ん、もうちょいとこりゃ値引《まから》ないかねぇ?」

「そりゃどうも駄目なんです。もう『百円でもいい』と言うのが十人おりまして」

「今、五人ってそう言ったろう(笑)? しょうがないなぁ、分った、分った。まぁまぁ、これだけいい幽霊だ。九十円でも安いってもンだ。それにね、『幽霊の画はあんまり値引《まけ》させるもんじゃない、化けて出る』てぇから、よし分りました。これ、九十円で買いましょう」

「はっ、ありがとうございます」

「ただね、さすがに大金だ。すぐてぇ訳にはいかないよ。うん、そうねぇ、三日後、三日後の昼過ぎに家へ来ておくれ、ちゃぁんと支度をしておくから。あっ、手付けにいくらか置いておこうか?」

「いーえ、旦那にはもうお世話になっておりますから、もう、手付けだの足付けだの要りません」

「はっはっは、足付けは面白いねぇ。手付けはともかく、幽霊の画だよ、足なんぞ付けてもらっちゃ困ンね。あたしゃぁ、足のある幽霊なんか、こっちから願い下げだ。そういうんじゃないよ。こうゆう立派な物がいいよ。ああ、楽しみだ。じゃぁ、三日後、頼んだよ」

「へぇ、かしこまりました。どうも、ありがとう存じます」

「ふっはっはっは、（手を打つ）、はーぁ、久しぶりに商いになったねぇ。幽霊様様だぁ、ありがたい、ありがたい。九十円で売れたよ。宿の親父から、一円で仕入れたンだ（笑）。こら大儲けだねぇ。これだもの、この商売は辞められないなぁ。はぁ、嬉しいね、どうしよう？　久しぶりにこれだけ儲かったんだ、前祝で一杯やろう。ちょうどいいや、三河屋さんの小僧が通るよ。

　小僧さん！　（手を打つ）小僧さん！」

「あっ、旦那、こんちは、どうしました？」

「そこに徳利があンだろ？　それ持ってって酒をね。いつもの酒じゃない、〃灘の生一本〃を」

「旦那が〝灘の生一本〟ですか？　どういう風の吹き回しですか？」

「余計なこと言わなくていいから、持ってきな。それからねぇ、帰りに魚金《うおきん》で魚を。あとで、お小遣い」

「魚も買うんですか？　お金でも拾ったんですか？」

「うるさい（笑）。とにかく、向こうへ行きな。

まぁまぁまぁ、小僧さんが、そう言うのも間違いじゃないねぇ。近頃どうにも、商いが無かったからねぇ。いやぁ、嬉しいなぁ。

おお、小僧さん、早かった、早かった。はいはい、じゃあじゃあ、小遣い、これ。

それからねぇ、こればかりじゃ酒少ないから、五合《ごんごう》ばかり、あとで頃のいい頃に持って来ておくれ。いやぁ、あたし独り者《もん》だろ？　これ飲みながら燗をつけるってぇと、上手くいかないンだ。頃のいい頃に、はいはい、頼んだよ。

これが独り者の気楽さだねぇ。飲みたいときに飲んで、食いたいときに食って、眠たいときに眠るんだ、なぁ。いいもんだぁ。

いただきます。ウッ、ウッ、ウッ、（舌鼓）美味いねえ。やっぱり灘の生一本てのは美味いなぁ。うーん、いや、こりゃ、灘の生一本だから美味いってぇあれじゃ無いね。こういういい商いがあると、こりゃ美味いよ。

……はぁー。だけどなんだな、ちょいと寂しいねぇ。独りは気楽だけどね。

あ、そうだ。幽霊さんのおかげで、こうやって儲かったんだ。幽霊さんと飲もう、ね（笑）。そうしよう、そうしよう。掛軸《かけじ》をこうしておいて、ああ、まるでそこへ居る様だ。いやぁー、いい女だなぁ。あー、是非女房に貰いたいね。そうね、差し向かいで飲むってンだから、やっぱり、お猪口《ちょこ》をこうしておいて、それから肴もこうしておくか？　……でもやっぱりあれか、やっぱ幽霊にはお線香か（笑）？　ほらほら、やっぱり、煙《けむ》が立つと似合うな。折角ここまでやったんだ、回向《えこう》してやろう。こうしておいてね、よいしょ。チン、チーン。

ええ、素人でございますので、あまり上手くはありませんがねぇ、南無阿弥陀仏、南無阿弥陀仏、南無阿弥陀仏、南無阿弥陀仏。ええ、幽霊さんのおかげで大変に儲かりました。ありがとうございます。今日は、もう、二人で差し向かい、ゆっくり飲みましょう、ね？　ありがとうございます。幽霊さんの霊に、礼（笑）。

ウッ、ウッ、ウッ、（舌鼓）……あっ、回向したからですかねぇ、酒が美味い。だけどやっぱりなんでございますねぇ、やっぱりどんなにいい酒でも、独りってのは寂しい。

『いいお酒だって、飲み過ぎちゃあ、身体に毒ですよ』とか何とかって、そういう女房が居るといいんだがなぁ。都都逸の文句にもありゃぁ、

♪　独り笑うて暮らそうよりも

ってね。

♪　二人ぃぃ涙でぇぇ暮らしたぁいぃぃ」

「ヨウ、ヨウ」（笑）

「誰か今、『ヨウ、ヨウ』って、え？　居ないねぇ？　よ、酔っ払ってンのか？　おれぇ？　久しぶりに飲んだンだ、酔っ払っておこう。……そうだ、いい酒ってぇのは酔うのが早ぇって言うからねぇ。

ウッ、ウッ、ウッ、（舌鼓）……でも、まっ、酔っ払いましょう、今日は折角、こんなにいい商いがあったんだ。酔って構いません。とことんまで酔いましょうよね。

♪　お酒飲む人　しんから可愛い

ってね。うん、ああ。

♪　飲んでぇぇ管巻きゃぁぁ尚ぉぉ可愛いぃぃ」

「どうする？　どうする？」（笑）

「居る（笑）？　やっぱり、居る、居る？　あなた！　誰！」

「こんばんは」（笑）

「どっから入って来た？」

「入って来たンではありません。……出て来たンです」（笑）

「出て来たって、一体、誰だ？」

「……申し遅れました。あたくし、幽霊です」

「幽霊……、ど、ど、ど、ど、おれはね、幽霊に恨みを買うような憶えは無《ね》ぇ！」

「……何も、恨みがあって出てきたのでは、ありません。……恨みがあれば、『恨ぁめしぃぃぃやぁぁぁ』、このように出てまいります」（笑）

「だったら、何しに出て来た？」

「お礼を申し上げに、出てまいりました」

「お、おりゃぁ、幽霊に恨みを買うような憶えも無けりゃぁ、礼を言われるような憶えも無ぇ」

「そんなことは、ありません。あなた、あたくしを、床の間へ掛けていただきました。回向までしていただきました。そのお礼にまいりました」

「……えっ、画が空っぽぅ……、どっかで見たと思ったら、あんたこっから出て来た？」

「出て来たの」（笑）

「え、え、画が出て来ることなんか、ある？」

「あるンです。なにせ、あたしを描いてくだすったのは、あの円山応挙先生ですもの」

「……あっ、じゃあ、何、おまえさん、真筆《しんぴつ》っ！　本物。本当に、円山応挙に、……応挙の幽霊？」

「描かれた本人がそう言うのですから（笑）、間違いありません」（笑）

「だぁっ、やっぱりそう思ったんだ。あたしゃぁ、本物だと思ったんだ。それを旦那が、『偽物だ。偽物』だと言うから、あたし。……ああ、じゃあ、九十円は安かったなぁぁ（笑）。本物だったら、三百円、いや、五百円で売れたところ、ああ、九十円。こうなったら、幽霊に掛け合おう。

じゃあ、あなた聞いてたンでしょ？　ねえ？　旦那が、『偽物だ。偽物だ』ってぇときに、すっと出てきて、『本物です』って、何故言って下さらなかったんです？」

「出よう、出ようとは思いましたが、昼間は出にくくってぇ」（笑）

「出にくいたって、そこを出てもらわなくちゃ。五百円のところが九十円」

「そんなに欲張るものでは、ありません。割と儲かったじゃありませんか？」（笑）

「まぁ、そこまで分ってらっしゃるなら。ああ、あなたがそう言うならねぇ。まぁ、そらぁ、ああ、そうですかぁ。

ああ、それにしても、本当にやっぱり応挙ての は名人でさぁ。ええ、画からこうして、生きてるンだ。たいしたもんでございますなぁ」

「あはははは」（笑）

「何です、今の？　笑ったの？　何がおかしいンです？」

「幽霊なのに、生きてるってぇ」

「それがおかしかったンですか？　あ、そうですか（笑）。何とも言いようがえんですがね。それにしたって、こうやって出て来るなんて、たいした、たいしたもンだなぁ……。

ああ、だけどわたし、何もお礼を言われるようなことをしてませんよ」

「いいえ、あたくしの話を聞いてくださいませ……。

あたくしも、方々いろいろな家に売られてまいりました。はじめのうちは、『応挙の幽霊』、『応挙の幽霊』と大事に扱われましたが、そのうちに落款《らっかん》が無い為に忘れられ、方々の家に売り飛ばされてまいりました。

どの家でもはじめの晩は、床の間へ飾ってくださいますが、暫くするとその家の奥方《おかみ》さんやら、お嬢さんやら出てまいりまして、『はぁ〜、気味が悪い』とか『ああ、恐い』などと、あたくしよりも恐い顔でおっしゃいます（笑）。それが為にくるくるくるっと巻かれて、蔵の中で無間《むげん》地獄。寂しい思いをしておりました。

それがあなた様は、わざわざこうして飾っていただいて、酒、肴、回向までしていただきまして、『幽霊さんの霊に、礼』（笑）。これは頂けませんでしたが（笑）、大変に嬉しゅうございました」

「そうですか、それでお礼に出て来てくれた。いやいや、それだったらね、礼を言うのはこっちのほうだ。本当ですよ。あなたのおかげでこうして儲かってね、本当です、それでこうやって酒の相手、ああ、お礼にね、お酒どうです？　今ね、独りで一杯やって寂しかったンですよ。飲酒《いき》ますか？」

「それじゃあ、もう一杯」

「もう一杯てのは？　あ、さっき飲んだンですか？　……あ、ほんとだ、空いてる、空いてる（笑）。いける口なんですね？」

「嗜《たしな》む程度」

「あ、嗜む程度なんだ（笑）。幽霊でもそういうのあるんですね。じゃあ、これを……」

「では、（掌を下にお猪口を持つ）」

「……注《つ》ぎにくいですねぇ（笑）。お猪口ですから、こうとか、こうとか、注ぎやすい形にならないンですか？」

「規則ですから」（笑）

「あ、規則なんだ。はいはいはいはい、へいへいへい、……ああ、いい飲みっぷりですねぇ。ええ、あたくしにも注いでいただける？　ああ、すみませんね、なんか。幽霊さんに注いでいただけるなんて、はじめて、ああ、ありがとうございます」

「それでは、どうぞ」

「注ぐ方は、上手いンですね？」

「やりやすいんで」（笑）

「ああ、そうなんですか。はいはい、ありがとうございます。……はぁ、幽霊さんに注いでもらうと美味《うめ》えもんでございますねぇ」

「こんばんは、こんばんは」

「ちょちょちょ、小僧さんが来た。ちょいと隠れて、画に隠れて。はい、はい、はい」

「あの、お酒持ってまいりました」

「うんうんうん、じゃあそこへ置いて。そこにお金《あし》が出てるだろ？　それ持って帰って。……どうした？」

「今、誰か居ませんでした？」

「いやぁ、誰も居ない」

「でも、話し声がしました」

「おりゃぁ、独りだから酔っ払うと独り言を言う」

「でも、女の人の声が聞こえたンです」

「ああ、ああ、だから、あれよ。あたしは酔っ払うと、声色《こわいろ》使うんだ。飲むかい？

『（女性の声で）ええ』なんて（笑）」

「そんな馬鹿な、そんな馬鹿な酔っ払い方」

「いや、あるんだ〃噺家上戸《はなしかじょうご》〃って」（笑）

「〃噺家上戸〃なんて無い」

「いいから、とにかく帰ンな。いいから、はい、はい。もう二度と来るンじゃないよ。

……もう、いい。もう、いい。

驚いたねぇ。またね、酒がありますから、いいえ、遠慮無く、遠慮無く。

いやぁ、それにしても幽霊さんと飲むことになるとは思わなかった。嬉しいねぇ。ああそうですか、ああ、ありがとう。幽霊さんと一緒に飲んでいると、酒がすすみますねぇ。ほんとに。こういう佳《い》い女だと、ほんとに」

「そうですか。……飲む相手で、お酒も飲み様が違ってきます」

「ああ、そうですか？　そういうもンですかね？　あっしとは、飲みやすいすか？　ああ、そうですか。えええ、もう飲まないんですか？　あ、湯飲みがいいんですか？　なんだ、贅沢《ぜいたく》だな（笑）。持ちにくいでしょうけど、持ちにくいでしょうけどね、はいはいはい。おーとっとっと。……酒は、強いほうでござんすかねぇ？」

「幽霊仲間では、強いほうで」（笑）

「ほぉう、そうですか。いやなに、他の幽霊とも飲んだことがあるんですか？」

「はい、お岩さんと、お菊さんと三人で飲んだことがございます」

「ほぉ、あのお岩さんと、あのお菊さんと……。お菊さんてぇ、あの『番町皿屋敷』の？　ほぉー、そうですか。そんなことがあるんですか？」

「はい、三人の画が集まったことがございます。その晩三人で抜け出して、引越し祝い。みんなで楽しく飲みました」

「おゎぁー、そうですか、へぇー。それで何、やっぱ、お岩さんなんか、強いンですか？」
「はい。お岩さんは、とてもいい人ですが、ただ、あの顔が近くにあると、こちらは酒がすすみません」（笑）
「そりゃ、そうですはねぇ。あの顔が、こうありゃぁねぇ。いくらいい人でも、なかなか酒はねぇ。おっ、お菊さんはいいでしょう？　ありゃあ、なかなか、佳い女だ」
「はい。お菊さんは、佳い女でございますから、そりゃよろしいンですが、ただ、あの方は酒乱で（笑）、お酒がすすみますと、皿を割ったりいたします」（笑）
「あ、そういうのがあるんだね。面白い、ええ、そうですか。ええ、ええ、飲みましょう。
でも、幽霊さん、いいなぁ」
「あなた、『幽霊さん』だなんて、そんな水臭い呼び方やめてください」
「そうですかぁ？　じゃあ、名前は無いンですか？　そうなると、どうしましょうねぇ。お岩さんの、お菊さん、……円山応挙だから、『おまるさん』ってのは？」（笑）
「何か、汚い……」
「汚いすね、汚い。じゃ、じゃ、じゃあ、幽霊だから『おゆうさん』にしましょう。ね？　おゆうさん」

「『おゆうさん』、ありがとうございます。では、名前を付けていただいたお礼に、都都逸でも」（笑）
「いいねえ、幽霊の都都逸なんぞ、聴いたことが無い。ええ、ひとつお願いしますよ」
「では、
♪　テトン、テトテントン、ヨォ、ドロロロロロロ〜（笑）」
「やっぱ、ドロが入るンですね。面白いもんでございますね、ヨッ、待ってました」
「♪　優しいぃぃ　あなたのぉぉ　心にぃぃ　触れてぇぇ　迷うてぇぇ　出たのがぁぁ恨めしいぃぃ」（拍手）
「ヨウ、ヨウ、ヨウ、ヨー。いいねぇ。おゆうさん、ならではだ、それね。『迷うて出たのが恨めしい』なんてのは、いい文句ですねぇ」
「♪　三途のぉぉ　川でも　竿差しゃぁぁ届く　何故にぃぃ　届かぬぅぅ　我が思いぃぃ」（爆笑・拍手）
「ヨウ、ヨウ、ヨウ、ヨー！　いやぁ、上手いもンだねぇ。三途の川なんて、たいしたもンでございますねぇ」
「♪　お酒ぇぇ　飲みたいぃぃ　酒屋はぁぁ　遠いぃぃ　買いにゃぁ行けるがぁぁ　あたしゃぁ幽霊　お足《あし》（金）がぁぁ　無いのがぁぁ　恨めしいぃぃ」（爆笑・拍手）
「ヨウ、ヨウ、ヨウ、ヨウ、ヨー！　いやぁ、たいしたもンでございますねぇ！　たいしたもンだぁ」

「ねえ、あなた、お願いがあるんでございますが」

「お願いってのは、何です？」

「あれは本当でしょうか？」

「『あれ』ってのは？」

「あなた、わたしを見たときに、一目惚れ、『女房にしてもいい』と」

「ううん、そりゃぁねぇ、ほんとですよ。あなたみたいないい女だったら、わたし、女房にしたいと思ってる」

「……嬉しい。……では、あたくしを女房にしてくださいませ」

「そうですか、へぇ！　女房に致しましょう。ね？　そしたら、これ、固めの盃てぇことにしましょう。ねえ？　あっ、こりゃぁいけねぇ」

「どうしました？」

「いえいえ、三日後、旦那にあなた売る約束をしちゃったの」

「そんなの断ればよろしいじゃありませんか」

「いえ、断るったってねぇ。いやぁー、あの旦那てぇのは、まぁ幽霊に、なんたって執心《しつこい》からねぇ。そう簡単には、諦めはしないと思いますよ」

「そこを何とかするのが、夫です」

「いやいや、そりゃそうですけどねぇ（笑）。ちょっと待って、考えて、考えて、うーん。あっ、そうだ。（手を打つ）いいこと考えた。あなたに足を描きましょう」

「あたしに足を？」

「えええええ、旦那がそう言ってた。『足描いてあるそんな幽霊は、こっちから願い下げだ』って。だから、あなたに足描けばねぇ、きっと『いらない』って、そういう話しになりますよ」

「ああ、それはいい話で」

「じゃじゃじゃ、あたし、早速描きますから、掛軸に戻って、戻って、今、描いちまいましょう」

「いいえ、今はいけません」

「どうして？」

「千鳥足《ちどりあし》になっちまう」

◆対談・落語家のトリヴィア　四
「口伝のメカニズム」

三遊亭兼好＆十郎ザエモン

十郎ザエモン　兼好さんは持ちネタが豊富ですよね。

兼好　はい、理由はまずはうちの師匠好楽ですよね。最初は師匠に教わるので、師匠が持っているものが多くあって。うちの師匠の場合、もともと八代目林家正蔵師匠のところから来ていますので、持っている噺が、正蔵師匠の噺とその次に移った先代の圓楽師匠のところの、両方のレパートリーがある。それを私は受け継いでいると。

十郎ザエモン　なるほど、それは幅がひろくて有利ですね。

兼好　はい、そういう意味では、うちのほかの圓楽一門だけではないものがあります。だから本来だったら林家に行って習わなければないような噺を、うちの師匠から習えたので良かったですかね。

十郎ザエモン　一門ごとに基本的なギャグの、いわゆるくすぐりの入れ方がそれぞれ違いますもんね。ちなみに他の一門の噺をもらいに行くときはどんな形ですか?

兼好　例えばある師匠がすごくネタを持っていらっしゃるので、その師匠に噺を習いたいとするとその師匠のところに直接行くのが筋です。我々、大本に行けとよく言われるんです。いくら広がった噺でも、その大本になっている人が生きてらっしゃるなら、なるべくそっちに行きなさいと。

十郎ザエモン　まずは源流へ行けと。
　よく寄席の楽屋で、今高座に出ている噺家がやっている噺を、先輩師匠が聴いてて、「あれ、こいつこんな噺持っていないはずなんだけどな」という時に、その噺家が下りてくると、「兄ちゃんそれ、誰に習ったんだい」って訊く。「何とか師匠です」って言って初めて、「ああ、そうかそうか」ってことがあるんですって？

兼好　それは、ありますね。高座が終わって下りてきたときに、先輩が、「兄ちゃん、今の噺、誰に習ったの」って言ったら、たいがい出来が悪かったんですよ。出来が悪かったか、「お前それ、ほんとに持っているのか？」というようなことですね。逆に下りてきたときに後輩が、「兄さん、今の噺、どなたに習ったんですか？」って言ったときは、いいんですよね。

十郎ザエモン　なるほど。

兼好　だから下りてきたときに、どっちに聞かれるか、これは大きいですね。
　一番ひどいのはあれですからね。下りてきて先輩が、「お前、今の噺、誰に習ったんだ」、「いや、師匠ですよ」って（笑）。「ええ俺、そんなひどく教えたか」みたいな。

『時そば（蕎麦処ベートーベン）』
瀧川鯉昇

2012年9月19日　神奈川県民ホール
第289回県民ホール寄席　瀧川鯉昇独演会 より
協力：ごらく茶屋

パスワード　20121113

『時そば（蕎麦処ベートーベン）』

古典落語の中ではあまりにも有名で聴く機会の多い——言わば使い古されたこの噺を、瀧川鯉昇師匠は見事に手を加え、現代風の工夫を凝らした爆笑編の一席に仕立てました。

高座後に発表された演目名を正確に記すと、『蕎麦処ベートーベン』。何で、ベートーベンなのか？　は、本書を読んで配信音声を聴いてのお楽しみで知ってください。本書は元の噺を知らない読者も数多くいると想定していましたので、あえて『時そば』と記しました。

本来の型のオチは、当時の時制で午前0時ごろが「九つ」で、22時ごろが「四つ」で成立しています。正調（？）の『時そば』が聴きたい方は、どうぞ寄席に足をお運び下さい。三日も通えば聴けるポピュラーな演目です。

鯉昇師のフラ（雰囲気）もかなり面白いので、映像でのお楽しみはDVDで。

※音声配信の『時そば（蕎麦処ベートーベン）』は、2013年3月に発売したDVD「瀧川鯉昇落語集　蕎麦処ベートーベン／芝浜」（TSDS-75543）の音声部分を二次使用したものです。予めご了承下さい。

『時そば（蕎麦処ベートーベン）』　瀧川鯉昇

蕎麦と言うものは、〝縁起を担ぐ〟――長い食べ物でこれが長生きに通じるそうでございます。除夜の鐘を聞きながら、「じゃあ、ひとつ来年も長く丈夫でいたい」と願い、腰のしっかりした蕎麦を手繰《たぐ》るという習慣が、日本にはあるようでございます。


「おーう、蕎麦屋」

「へいへい、いらっしゃいまし」

「何ができる?」

「できますものは、花巻にしっぽくでございます」

「おう、そのしっぽくてぇのひとつ熱くしてもらおうじゃねえか。どうだい、近頃、景気?」

「ええ、それがどうも、あんまりよろしくございませんなぁ」

「景気がよくない……、ああそう、そりゃよかった」（笑）

「人の話ちゃんと聞いてもらいたいンですけどね。うちは景気がよくないって言ったンです」

「何も力入れるこたぁねぇだろう。いやいや、嫌味で言ってるわけじゃねえんだ。よく昔から言うだろ。いいあとは悪い、悪いあとはよくなるってンでね、世の中はまわり持ちだ。飽きずにやらなくちゃいけねえ、それで商《あきね》え（飽きねえ）ってンだよ」

「こりゃどうも、面白いことをおっしゃいますな」

「行灯の絵が変わってる。的に矢がストンと当たって、屋号が〝当り屋〟、当り屋って……（手を打つ）、当り屋いいねえ！　何がってね、おれ、これからこの先でもって、あんまり大きな声で言えないけどさ、サイコロ振ってね、『丁だ』、『半だ』という悪戯《いたずら》して来ようかと思ってンだよ。そこ行く前に、当り屋はぁいいやぁ。おれ今日、向こうへ行ったらね、思いっきり当っちゃうから」

「どうもお楽しみなこって、へぇ。お待ちどう」

「あら嬉しいねぇ。こうやってちょいと話をしているうちに、『お待ちどう』って気が利いてらぁ。江戸っ子、気が短いからね、誂《あつら》えたものがなかなかできないと、もう『いらない』って怒ってどっか居なくなっちゃうよ。

蕎麦屋、おめえ、江戸っ子だなぁ」

「いいえ、あたし、ハーフなんです」（笑）

「……何なんだ？　そのハーフってのは？」

「ええ、あのう、おっかさんは日本《こっち》なんですけどね。おとっつぁんが、外国《あっち》なんです」

（笑）
「どっちだか、分らねえじゃねえか、えぇ？　そういうのが、ハーフってぇの？　どうして、蕎麦屋やってンの？」
「ええ、おっかさんの弟ってのが蕎麦屋やってましてね。今、ちょっと具合が悪いってンで、あたしこれね、嫌々やってンですよ」（笑）
「何？　何が嫌々？」
「ええ、それねえ。蕎麦が悪いわけじゃないんですよ。あたし蕎麦好きなんですけど、この商売は酔っ払いが来る――あれが駄目なんですよ。うちのおとっつぁんの国、酒ぇ飲《や》らない国なんですよ」（笑）
「あ、そうなの……。へぇー、そういう国があるんだ。で、酒が駄目で、何が好きなの？」
「ええ、あたし甘味が大好きなんですよ」
「あ、そう。じゃ、日本にだって、いい甘味がいろいろあるじゃねえか、えぇ？　どんな甘味が好きなの？」
「お客さん、ご存知ですかね？　おとっつぁんの国のほうへ行きますとねぇ、ココナッツってぇのがあるんすよ」（笑）
「何それぇ？　ココナッツぅ？　あ、……ココナッツ。あ、そう。ああ、そういうものがあるんだ。何でもいいいんだ好きなものを口にしてるってぇのが、一番幸せだよ、人間は、なぁ？

おうおうおう、気が利いてるじゃねえか。新しい割り箸を使って、……おじさんから、そう言われて。ああ、そうかい、いやいや、このあたりはね、たいてい箸が割ってあって、嫌ンなっちゃう。誰が食ったあとだか分らない、気持ちの悪いことがあるからねぇ。新しい割り箸を自分でこうやってねぇ、割って食う。きれいごとだもんなぁ。

おう、……いいねぇ、これまた。ずいぶんきれいな器を使ってるじゃないか、ええ？ペルシャの焼物？　ああ、そう（笑）。そういうのがあるの？　へぇー、ちょっとこっちじゃ見かねえと思ったけどさあ。いいんだよ、あのねえ、聞いたことがあるかな、日本にはねえ、『ものは器で食わせろ』ってさぁ、入れ物がいいとねぇ、中味が不味《まず》いの暫く気がつかないなんてさぁ（笑）、『おまえの味がそうだ』ってるわけじゃなくて、そういうことが日本ではあるという話をしたのね、うん。

いい匂いだね。おれ、もう、蕎麦好きだからねぇ、匂いを嗅いだだけで、上手いかどうかわかっちゃんだよ。これ御馳になっちゃおうかなぁ。

（蕎麦を食べる）いい出汁がとってあるじゃねえか、ええ？……おじさんから言われた通りこさえて、ああ、そうかい、こりゃいいや。これだけの味はなかなかこの辺じゃねえ、お目にかかれねえ。

おうおう、ここまで行き届くかよ、蕎麦が細い。これなんだよ、こういう、細い蕎麦が食いたくって、おれ、わざわざ遠くまで捜し歩くンだけどもさぁ、ここに幾日出てるか知らないけどねぇ、ここの角を曲がって、ちょっと行った所でねぇ、うどんより太い蕎麦ってぇ出すうちがあるんだよう（笑）。こないだ驚いちゃった。ああいうのは、身体に悪いやなぁ。こういうのが食いたいと思っていたんだ……。

腰が強いね、おい、ええ？　歯に当ったらさぁ、パキッと折れたよ。……歯がぁ？　歯は折れない（笑）。海老蔵じゃねんだから（笑）、そうじゃぁねえ、あのねぇ、歯に当った途端に、音を立ててポキッっと来たような、腰が強いってそういうことを言ってんだよなぁ、うん。（笑）

……あっ、へっ、間違えたろ？　これ。竹輪こんなに厚く、……えっ？　こんなに厚く切って、いいのぅ、これぇ？　損がいかない。……偉いねえ。たいてぇこの辺は、薄っぺらだからさぁ、何か見ているとねぇ、痛々しくなることがあるもん。こんなに厚手に切ってもらうと、これ食ってるほうも楽しみでいいやなぁ。

（竹輪を食べる）本物使うんだ、おめえのとこは？　驚いちゃうね、いいやいいや、偽《にせ》物《もの》、偽物、どこ行ったたって偽物ばやりでね、ひどいとこ行くと、麩《ふ》が入れてあって、嫌ンなっちゃうよ。てのはね、日本じゃあれ金魚の食い物なんだよ。あらぁ、こう見えたって、鰓《えら》で呼吸してるわけじゃねえからね（笑）。ああいうの出されると、いけねぇやなあ。

いいや、行き届いて、うーん、うーん。……美味かったなぁ、いやいやいや、もう一杯と言いたいところなんだけどもねぇ。脇で不味いの食っちまって、これが口直し、一杯で勘弁しな」

「手前共、商いでございますんでな、何杯でも結構でございます」

「いくら？」

「十六文、いただきます」

「十六文か、わかった、わかった。ああ、蕎麦はねぇ、どこ行ったたって、一杯十六文って相場ってのがある。ちょっと待ってくれ、ええーとね、細かいンでね、手を出してもらいたい」

「ああ、そうすか、じゃあ、掌《これ》にいただきます（両手を差し出す）」

「いいかい？　行くよ。えー、ひとつ、ふたつ、みっつ、よっつ、いつつ、むっつ、ななつ、やっつ、……蕎麦屋、おめえの好きな甘味は何だ？」

「ココナッツ」（爆笑・拍手）

「とう、十一、十二、十三、十四、十五、十六」

と払うと、すぅーっと居なくなりまして、これを横っ手のほうで、ぼぅーっと眺めておりましたのが、毎度我々の話のほうで活躍をするごく呑気な江戸っ子でございましてぇ……。

「……何なんだ、あいつらは？　何、あの蕎麦屋、ハーフってぇ？　ええー？　わけの分らねえこと言ってやったぁ。『甘味が好きで、蕎麦嫌いです』、やめりゃあいいじゃねえか、なぁ。客もそうだよ、あんな変な蕎麦屋に付き合って、お世辞いっぱい言ってやがった。人間、お世辞を言うときはねぇ、たいてい何か悪いことを考えているもンだよ。ことによったら、あのまんま食い逃げをするかなと思ったんだよ。それだったら、おれ、とっ捕まえてやろうと、こうやって見張っていたんだ。ちゃんと勘定払うのに、蕎麦屋にあんなに、お世辞いっぱいへつらうことはねぇやね。いろんなこと誉めて、で、最後《しまい》に、『いくら？』だって、十六文だって分ってるじゃないかなぁ。いろんなところ手ぇ突っ込んで、『細けえから、手ぇ出せ』ってあれ、どう見ても全部親指だったなぁ（笑）、こうやって出して、そしたら、子供《がき》じゃあるめえし、『ひとつ、ふたつ』って勘定の仕方があるかよ。江戸っ子だったら、『ひい、ふう、みい、よう』って威勢よくやってもらいてぇよなぁ。『ひとつ、ふたつ、みっつ、よっつ、いつつ、むっつ、ななつ、やっつ、おまえの好きな甘味は何だ？　ココナッツ（笑）、とお、十一、十二、十三、十四、十五、十六……』、え？　（指折り数える）……ここの流れが不自然じゃねえか（笑）？　何でここに甘味……、こういう細かい勘定してるときに、余計なこと喋って、あれ勘定間違えたンじゃねえかと……。『おまえの好きな甘味は何だ？　ココナッツ、とお、十一、十二、十三、十四、十五、十六……』、あん（笑）。これおかしいンじゃねえか、十六って確か、小指が元気よく起きてる状態だよな（笑）。寝たきりだったな、これがぁ。あれえ？（指折り数える）……一文足りねえンじゃねぇか、これぇ？

あー、あの野郎、これがやりたいから余計なことべらべらべら喋って、あの変な蕎麦屋につきあって……、面白いねぇー。『おまえの好きな甘味は何だ？』だって、ああ、面白い！　おれもじゃあひとつ、真似をしてやろうか」

って、止しゃぁいいンですが、人の真似ってぇのは巧くいった例《ためし》が無いてぇことになっておりまして……。野郎、翌日勇んで家を飛び出しまして……。

「蕎ー麦ーうー」

「あーう！　蕎麦屋ぁ！　……あ？　蕎麦屋ぁー！　ああん、あの野郎、日本語がわからねえのか？　外国から来た奴かな、あいつは。そ、蕎麦屋ぁ！　カンバック！」（笑）

「ハウ、ドウユードゥ」（笑）

「ア、アイウォント、糸ヌードル」（笑）

「お蕎麦ですか？」（笑）

「この野郎、日本語分ってンじゃねえか（笑）。さっきからずっと大きな声出して呼んでンだ。逃げるなぁ、客だからちょっとこっち来て荷をおろせ。そうそうそう。何ができる、いや、……しっぽくってぇの熱くしてもらおうじゃねえか。ちょっと、昨夜《ゆうべ》の通りやらねえと分んなくなっちゃうからさぁ。ええ、おまえンとこのこのねぇ、……景気、景気どうなの？　景気？」

「あああ、あたしンとこお得意様がございますンで、上々のあがりですが」

「ああん、へっへっ、……つき合え、少しは（笑）。昨夜《ゆうべ》と違うじゃねえか。上々ぅ？

そんとき人間安心しちゃうからいけねぇってんだ。昔から言うだろ、『いいあとは悪い、悪いあとはよくなる』ってンでね。世の中はまわり持ちだから、飽きずにやらなくっちゃいけねえ」

「へぇへぇ、商いと申しますから」

「そうです（笑）。……おめえ、昨夜《ゆうべ》のどっかで見てたぁ？　ああ、それよりね、あっ、こっちだ。今度はねぇ、行灯、行灯の絵が変わってンだよね。的にすっと矢が、……当ってない……。何て書いてあンのこれ？　〝そば処《どころ》べートーベン〟（笑）……、何なのこれ？

……『そういう屋号です』？　変な屋号だね、そば処べートーベン。いやぁ、おれねぇ、これからこの先でさぁ、大きな声で言えないけど、サイコロ振って、『丁だ』、『半だ』って悪戯《いたずら》して来ようかなと思ってンだよ。そこで、べートーベンと出会っちゃったら、じゃあ向こうへ行って今日、おれずっとベトづいてる……、いや、あのねぇ（笑）。そういう話は、どうでもいいんだけどさぁ。語らっているうちに、『へい、お待ちどう様』って出てくる……、ええ？　お湯が冷めたから待ってください。止せよ、江戸っ子気が短いからねぇ、ぐずぐずしていたら、もう『いらない』って怒ってどっか居なくなるよ。もうちょっと、商い身入れてやってもらいたい……ひっとすると、おめえ蕎麦屋、嫌々やってンじゃねえのか？　『わかります？』、やっぱりそうだよ。おまえ、ほんとに好きなの何なんだ？」

「ええ、あたしねぇ、甘党なんですよ」

「おっ、甘味が好き。あー、それ捜してたンだよ。こっから、昨夜《ゆうべ》に戻って来た。じゃあ、好きなもの口にしてるってのは、一番幸せだからさぁ、……できた？　できたらいいよ、あのね、これから順番に褒めなきゃいけねぇンだよ。

あのね、この界隈、いろんな蕎麦屋出てくるけど、箸がたいてい割ってあって嫌になっちゃうねぇ。誰が食ったあとだか分らない。新しい割り箸を自分で割って食う、きれいごとだもんなぁ？　おめえンとこの箸、ちゃんとこうやってさぁ、……割ってある（笑）。……親切だなぁ、ちょっとあの、何か不思議な反り方してるね、これ。釘抜きみたいに、こういう不思議な……、何で反るの？　『八年洗うと反ります』（笑）、八年洗って使ってンのか、これ。あっ、駄目だやっぱり、これ。おい、頭のとこにね、葱がぶら下がってる、ここにね……。『深谷です』？　いや、おれ産地を訊いた訳じゃないよ（笑）。誰か食ったあとじゃないの？」

「違います」

「いい、自分で取る。（箸を振って、葱を取ろうとする）自分で取るからね。（箸を振る

しぐさが、オーケストラの指揮者のようになる）

歌うな（笑）。この葱は、昨日今日ついたンじゃねえな、何か歴史を感じる……、この葱にはねぇ。そういうときは歴史と一緒に、こうやって（舐めて取る）。箸はどうでもいい。褒めたいのは、丼でね。昔からものは器、入れ物次第でさ、中味がどうでもよくなっ……、おめえのとこの、汚ねえ丼だね、これぇ。……遺跡で発掘した奴か、これは？『買った』？　嘘だよ、おめえ。こんな汚いの売ってるわけねえもん。だって、欠けてる、ここンとこがさぁ。手元が、え？　『かけそば専用の丼ですから』（笑）　それは喧嘩を売りたいのか？　おまえは。あのねえ、蕎麦食った客が血を流して、そういう人々がこの辺を右往左往してると、この町誰も人来なくなる。

ああ、そうだ。騒ぐこたぁ無ぇ。ここが欠けてると思ったら、黙って横へすっとまわせば、……横も欠けてた（笑）。隣も欠けて、こっちも欠けて、全部欠けてた。ぎざぎざぎざだって。のこぎりみてぇな丼だ、これ。こんなにぎざぎざになった丼、洗うときによく手を切らねえな？」（笑）

「え、うちは洗いません」（笑）

「……いい、おれが家へ帰って手を洗うから、いいんだよ。こういうのは双方揃って洗うこたぁ無ぇ。どっちか洗えばいい。丼、食うわけじゃねえからね、中味、中味ね。え？　『食べるときは、後ろの塀に寄り添ってください』？　あ、そう。風当たりが違うのかい？　じゃあ、塀のとこで。フハフハ、ズズズー、くっ（後ろにのけぞる）！（笑）……珍しい味だね、おまえンとこのこれ。おれ今お汁一口食《や》ったとたんに、一瞬意識が遠くなった（笑）。……あっ、そうか、こういうの食うときに後ろに塀が無えと、客は倒れちゃうんだ、これな。塀と一緒に商いしてるのは、気がつかなかった。いやいやいや、よく見たら手をついた跡があるもん、この辺に（笑）。これ全部、客の手の跡？　え、『一番こっち側があたしのです』？　何で、え、『味見したとき』（笑）、爪を立ててもがいた跡が向こうへのびてるもんね（笑）。……おい、親父、塀の角のとこにね、白い菊とお線香が上がっていてさ、涙ぐんでる親子が合掌《がっしょう》してるのと、ここの因果関係は」

「ありません」（笑）

「ありませんなら、いい。こっち見ない、こっちに集中すりゃいいんだよ。何がったってね、肝心なのが蕎麦なんだよ。他所《よそ》行くとね、うどんじゃねえかと思うような太いのが入っててがっかりしちゃう。細いのが食いたくってね、遠くまで捜し歩く。蕎麦は細くなくちゃ駄目だよね。おめえンとこの、ハッハッハッハ、何なの？（笑）塊《かたまり》が二つ浮いてるよ、ここに」

「三日前に包丁を失くしました」

「切ってないのかい？　このうち。ええ、まぁ、いいか、これだけ固まってると腰がしっかりしてるから、これ。そうそう、こういうのは腰で食わせる腰でね、こんなに固まっちゃってさぁ、こりゃいいや、楽しみだ。フッフッフ、ズズズー、ピッチャピッチャ（笑）、ツオッツオッ、ツオッツオッ（笑）、……べちゃべちゃだね、これぇ。お粥状態。いやいやいや、胃が悪いときはいい、こういうのはね。……もう一切れあるな、フッフッフ、ズズズー、ピッチャピッチャ（笑）、ツオッツオッ、ツオッツオッ（笑）、……あー、しかし何だなぁー。おれも今までいろんなものを食ったけどね、温かいもん食って寒気がしたのは、今日はじめて（笑）。

あーそうだ、竹輪、竹輪。……あれ？……おまえも捜せ、一緒にぃ！入れてないだろ？『入れました』、そんなことないよ、おめえ、だって丼なんてこれだけの大きさをね、さっきから大々的に捜索し、……あ、居た。居た居た居た。丼の縁へピタッとくっ付いてたからさぁ、おれ模様かなって思って見てた、これ。……あのさあ、親父、この竹輪を通して景色が透けて見えるン、おまえンとこ包丁が無いのにどうしてこんなに薄くなって（笑）、……ええ？『鉋《かんな》で削りました』、すごいうち、ええ、だって、箸が釘抜きで、丼が鋸で、鉋ぁ使ったたって、何か、おめえのとこ蕎麦屋っていうより、大工仕事に近いンじゃねえ？だ、大工、第九、あっ、それで〝そば処ベートーベン〟てのかい（爆笑・拍手）」

「お客様も、みんな〝運命〟でございますンで」（笑）

「やめた、これ、もう。いいや、これね、脇で不味いの食って口直しだから、一杯で勘弁してもらいてえ」

「へえへえ、商いでございますンで、何杯でも結構で」

「いくら？」

「十六文頂きます」

「十六文、ウッハッハッハ、よかった。やっとここまでたどり着いた。倒れるンじゃねえかと思ってさ。

えーっとね、細かいから手を出してもらいたい」

「へえへえ、じゃあこれにいただきます」

「いいかい？　いくよ。ひとつ、ふたつ、みっつ、よっつ、いつつ、むっつ、ななつ、やっつ、……蕎麦屋、おめえの好きな甘味は何だ？」

「蜜《みつ》う！」

「えっ？　みつう？　じゃあ、よっつ、いつつ、むっつ、ななつ……」

◆対談・落語家のトリヴィア　五

「前座と二ツ目の違い」

三遊亭兼好＆十郎ザエモン

十郎ザエモン　前座から二ツ目になると残念なこともあったりして……。
兼好　そうです。お正月にお年玉というのをもらえるのが、前座の身分なんです。これ結構な額になるんですよ。なにせ関東だけでも真打、二ツ目が数百人いるんですから。頑張ってみんなに会えば。
十郎ザエモン　ご挨拶をすると、必ずもらえるんですか？
兼好　はい。まずもらえます。お正月になるとね、前座さんがやたらと出てくるの。
十郎ザエモン　普段会わないやつが。
兼好　そう、普段ね、ちょっと遠くで会うと、目をそらして、会わなかったふりをするような前座さんがね、「あけましておめでとう」って（笑）。
十郎ザエモン　普段、お前来ねえじゃないかって。
兼好　普段ちっとも顔を出さないというのにっていうのが、いっぱいいますからね。だからまあ下世話な話、お年玉だけで毎年十何万円ためるやつがいるという。でもね。そういうものも結局、袴を買うお金になったり、紋付きの着物を買うお金になったりするんですよ。でもそれが二ツ目になったら、今度はやる側になりますから。

十郎ザエモン　収入が減って、しかもやらなきゃいけないって。ここは大違いですね。

兼好　そうですね。要するに人との付き合いが始まるということですからね、二ツ目になるっていう意味の半分ぐらいはそういうことですから。

十郎ザエモン　その昔には、二ツ目のまま真打ちにならなかった落語家さんもいたんですよね。あの有名な桂小金治さんとか。

兼好　はい。今はそういうことはまずないですけど、その昔はいたらしいですね。二ツ目だの真打ちになってしまうと、小遣いがもらえなくなって、付き合わなきゃいけないので、もうずっと前座のままいるというようなお年寄りの方もいた――という話がたくさんありますからね。

十郎ザエモン　桂小金治さんの場合は、映画やテレビに出てタレントとして人気者になりすぎて、結局真打ちにならなかったんですね。

兼好　あの方は、必要がなかった。

十郎ザエモン　僕も子供の頃によく桂小金治さんの出るテレビドラマをみていましたし、そのあとにテレビのワイドショーの司会者で大活躍されたのを覚えています。

兼好　まあさすがに現代では、よっぽどじゃないと、わたしは真打ちになりませんという方はいないと思います。

十郎ザエモン　真打ちになると、自分の責任で寄席のトリが取れるとか、いろいろありますけど、これはこれでまた違う嬉しさがあるんでしょうね。

『死神』三遊亭兼好

2012年11月13日
日本橋社会教育会館

パスワード　20130705

『死神』

この演目は、幕末から明治期にかけて活躍して多数の落語を創作した三遊亭圓朝（初代）の翻案で、元はグリム童話の『死神の名付け親』、あるいはイタリアのオペラ『クリスピーノと死神』とされています。

サゲには様々なバリエーションが考案され、風邪気味の主人公が蝋燭の継ぎ足しに成功するが、自らのくしゃみで消してしまうパターン（十代目柳家小三治）、死神が点いた火を意地悪で吹き消すオチ（七代目立川談志）、死神から「今日がおまえの新しい誕生日だ」と言われ、バースデーケーキのように火を吹き消してしまう最後（立川志らく）など多数あります。

三遊亭兼好師匠は、サゲより元ネタのグリム童話に注目し、名付け親の死神と主人公の関係性を掘り下げて、代表的な怪談噺となったこの噺に、新しい工夫を加えています。

※音声配信の『死神』は、初蔵出しの未発表音源です。

『死神』　三遊亭兼好

考えてみると、人間と言うのは、こうしよう、ああしようと思ったことが、かえって反対の結果になるってことがありますねぇ。幸せになろう、幸せになろうと思ってとった行動が、ストーカーみたいになっちゃうとかねぇ。何かそういうことって、ありますよ。お金持ちになろう、お金持ちになろうと思って、一所懸命やったことが、かえって貧乏になる。長生きをしよう、楽しく生きていこう、そう思ってやったことがかえって寿命を縮めるなんてぇ、そういうこともあるようでございます。

「おっと、うやぁー、寒い。馬鹿馬鹿しいな、畜生なぁ。こんなところ、どうやって歩いたって、金なんぞ貸してくれるところは、無《ね》えもンなぁ。『もうひとまわり、まわって来い』って言いやんの、えー。しょうがねえね、どうも。嫌だね、これで家へ帰りゃあ、かかあが、そう言うんだろうな。『出て行きなぁ！　何考えてんの？　お金《あし》はできないのかい？　僅かなお金《あし》だろ？　どうして、できないんだぁ？とっとと、行けぇ！　入れないよ、お金《あし》が来ないと。しょうがないだろ、当たり前じゃないか。馬鹿！　出て行け！』（笑）……そういう顔するんだろうなぁ。嫌だね、どうして、そんなこと言われなくちゃいけねえのかなあ？　仕舞《しま》いには、言ったことが酷《ひど》かったね。

『おまえさんなんか、豆腐の角に頭ぶつけて死んじめえ』って言いやんの。そんなもので、死ねるかって言ったら、『おまえさんなら、死ねるよ。意気地無し』（笑）。……あーあ、本当に悔しいなあ。

また、豆腐屋があるねえ（笑）。ぶつけてみようかな。

『こんにちは、いらっしゃい』

豆腐、一丁。

『ありがとうございます』

ちっと、やってみようかな（笑）。親父、驚くだろうねぇ。

あー、いっそなぁ、こんなところで寒い思いをして、ぶらぶらしてるんだったら、死んじゃおうかなぁ。

あっ、いいねえ。死んじまうってのは、今まで考えたことが無かったなぁ。そうかぁ、そうだよなぁ。今まで考えてみりゃあ、長ぇこと生きてきたが、いいことは無かったしずっと貧乏だったし、そうだよ、これ生きてるから苦しいんだ、なあ、死んじまおう。

（手を打つ）

何でこんなことに、どうして今まで気が付かなかったんだろう。おう、死んじまおう。

死ぬと決めたら、生きる勇気が沸いて来たな（笑）。どうしようかな？　さて、死ぬとなると、どうやって死ぬかだね。初めて死ぬからよく分らねえなぁ。それこそ、豆腐の角に頭ぶつけりゃ、それで死ねるなら、これほど楽なもんは無《ね》えんだけどなぁ。まさか豆腐の角じゃ死ねねえだろうから、……川、いいねえ。大川に蓋は無《ね》えて言うからなぁ。ここへ、どかんぼこんと飛び込んでやろう。

いやゃ、でもなぁ、おれ、泳ぎが苦手だからなぁ（笑）。そう子供《がき》の頃に溺れたことがある。水ぅこう沢山に飲んだんだ。苦しかったぁー、ああ。あんな苦しい思いするんだったら、生きてる方がましだもんなぁ（笑）。

そうなると……、あー、いい枝ぶりだなぁ。これ、いいなぁ。ここんところへ、くるっと帯やって輪拵《こしら》えて首くっちゃおうかなあ。ちょいと苦しいが、あとは楽だって、そう言うけどなぁ。

でも、駄目だな。おれもなんべんか首吊り見たことがある。あんまりいい形じゃねえんだ、こう、ずるぅーとしちまって、舌なんか、こう出ちゃってなぁ。ありゃぁ、よく無《ね》えなぁ。かかあが怒るもんな。『なんてだらしない格好してんの』なんて、言われる（笑）。死んでから、小言を言われるのも嫌だし、はーて、弱っちゃったなぁ。

なんだ、死ぬのは決めたのはいいけれども、どうやって死のうかねぇ？　誰か、死に方教えてくれればいいんだけどなぁ」

コン。コン。（杖をつく）

「おい、死に方、教えてやろうか？」

「あっ、びっくりした。誰だい？」

見るというと、松の木の根方に、大きさぁ、ちょうど立ち上がって歩きはじめた子供ぐらいでございましょうか……。小さな身なりで、顔はというと、もう百歳はとうに越えていようという、頭のところに僅かですが髪がほわほわと残って、顔はと申しますともう眼なんだか、口なんだか、わからない皺くちゃだらけ。口のところへ、こう歯が一本出ておりますんで、ああ、あそこが口だなってのがわかる（笑）。ぼろだか、着物だか何だか分らないものを纏いまして、荒縄で持って腰《ここ》を結んでいる。このあいだから、あばらが一本、一本浮き出て見ようという、何とも気味の悪いもので……。

「気持ち悪いなぁ、おい。何だ、てめえは？」

「はっはっ、……死神だよ」

「ちり紙？」（笑）

「おれが言ってんのは、死神」

「死神？……おーい、冗談っ……、そーか、道理でおかしいなと。あっち行けぇ、この野郎！　いやぁ、おれはそうなんだよ。今まで、どんなに貧乏したって、苦しくたって、今まで死のうなんて、これっぽっちも考えたことが無《ね》えよ。それ、てめーだな。出て来やがって、おれ、おー、気味が悪い、おい、あっち行け！　あっち行きなよ！　行きなよ！」

「はっはっは、そう邪険《じゃけん》に扱うなぁ。おーい、逃げたって無駄だぁ」

「何だぁ、おい、止せよぉ」

見ると言うと、竹の杖すがって歩いてんだか浮いてんだか、ふわふわふわ……。

「おーい、ちょっと、ととと、いいから、向うへ行けってんだ！」

「あっはっはっは、そう邪険に扱うなぁ。おれとおめえとは、あー、またぁ、縁《えにし》があらぁなぁ」

「何だ、おまえ。冗談じゃねえよ。おらぁおめぇ、死神となんか付き合いは無《ね》えやっ！　あっち行け！」

「そうじゃねぇ、おめえは知るめえが、おらぁおめぇの名付け親でなぁ」

「……名付け親ぁ？　死神がぁ？」

「あーはっはっは、ああ、名付け親。おめぇのおとっつぁんってのが、間抜けな野郎でな、大概名付け親なんてぇのは、寺の坊主とか、大家さんなぞに頼むか、あとは自分で名前付けて神棚にのせて、『さて、このような名前を付けましたが、名付け親になってください』心やすい神様にお願《ねが》えするもんだ。ところが、おまえの親父てのは面白れえな。名前付けて神棚にあげて、『さて、申し訳ございません。倅《せがれ》が生まれましたので、神様だったらどなたでもよろしいので名付け親になってくださいｏ守ってやってください』、そう、願ったたぁ。帰りがけに、『ああ、そうだ』、思い出したように、『神様っても、貧乏神以外でお願いをいたします』(笑)、そう言ってなぁ。……おれが入ってなかったぁ(笑)。いやぁー、おれも人間の名付け親なんてぇのは、はじめてだから、やってみてぇなと思ってな。まわりの神様に、『恐れ入ります。あいつの名付け親になってよろしゅうございましょうか?』、『ああ、いいよ』、てンで、まあ、おめえの名付け親になったと、こういう訳だ」

「冗談じゃないよ。じゃあ、おめえ、おれの、な、な、名付け親。冗談じゃねえや、おめえ。死神が名付け親なんて、生きた心地がしねえじゃねえか、この野郎(笑)。それだったら、まだ貧乏神の方がいいや、どうせ貧乏なんだから」

「あっはっはっは、それ面白い(笑)。いっそ貧乏神の方が、よかったなぁ。でも、いいじゃねえか、おれだって、おめえを助けに来た」

「死神が助けるなんて、おかしいじゃねえか」

「名付け親だ、いっぺんくれえ、助けてやらぁ。もっとも、おめえが死のうたって、そう死ねるもんじゃねえ。人間には寿命てぇものがあってなぁ。川へ飛び込めば、誰かが助けてくれる。首吊りゃあ、枝が折れる。おめえは、死にゃあしねえよ。うん、おめえの寿命は、まだまだある。嫌だなてぇくらい生きるよ」

「嫌だなてぇくらい、寿命がある?」

「あー、おめえなに金が無えから死ぬてぇんだなぁ?　どうだ?　おい?」

「待てよぅ、近づいて来るンじゃねえよ」

「うっひっひっひ、そう邪険にすんな。おめえに、金持ちになる法《ほう》を教えてやろうか?」

「か、金持ちに、なれるのか?　金持ちに、おれが?　おめえ、そんな法《ほう》を知ってるのか?　どんなんだ、おい、どんなんだ?」

「ふっはっは、……近い、近い、顔が近い（笑）。おめえ、嫌な野郎だなぁ。金持ちになれると分りゃあ、ずんずん、前へ出てきやがる。教えてやる。おめえなぁ、医者になれ。そうすりゃぁ、金持ちになれる」

「医者に?　冗談じゃない、おれ、今まで、医者なんざぁ、これっぱかりも学んだことは無え。薬の作り方も、脈の取り方も、知らねえや。脈取る前に、命取っちゃうよ」

「おっはっはっ、それも面白い（笑）。だけど、安心をしな。おれの言う通りにやりゃあ、命取る前に金が取れる。いやぁー、本当だ。あした、おめえ、医者の看板掲げな。必ず誰か患者が来る。

長く患《わずら》った患者にはな、必ずおれみてえな死神が一人ついてる。これが、足元に居りゃあ、この病人は助かる。間違えねえ」

「助かりやすか?」

「ああ」

「どうやって、助ける？」

「呪文を唱えりゃ、いい」

「呪文？　それ、やりゃあ助かんのかい？　どんな呪文？　どんな呪文だい？」

「だから、近い。近い（笑）。いっぺんしか言わねえから、おめえ良く聴いて覚えな。アジャラカ、モクレン、……テケレッツのパッ。

これで二つ手を叩きゃあ、死神はその場から居なくなっちまう。死神が居なくなりゃあ、病人は嘘のように治っちまう。

ただな、死神が、枕元にいたら、これはもう駄目だ。決して手を出すな。大変《てえへん》なことになる。わかったな？」

「ま、枕元は手を出さねえ。で、足元に居たら呪文を唱えるってぇ、ええ、何だい、アジャラカ、モクレン、……テケレッツのパッ。（手を二つ叩く）

こんなんで、本当に、……おうっ、死神さんよ、おいっ！　死神さん？　……そうか、呪文を唱えたから居なくなっちゃったんだ。これ、本当だ。使えるかも知んねえ。ひとつ、やってみよう」

それから、奴さん、家へ帰る。医者の看板っていったって、何もございません。かまぼこ板か何かに、金釘流で『いしゃ』と書きまして、こいつを掲げて、遠くから見ると、

『いしゃ（石屋）』だか、『いしゃ（医者）』だか、よく分りません。暫くいたしますと、トントントントン、

「御免ください、トントントントン、御免ください。トントントントン、御免ください」

「はい、はい、わかった、わぁー、うとうとっとしちゃった。はい、はいはいはい、誰？　米屋さん？　あー、すまねえね、無えんだ。もう、金が出来なくってねぇ、悪かったなぁ。もう、逆さに振っても鼻血も出ねえんだ、悪いね」

「えー、米屋ではございません」

「魚屋？　すまねえねぇ、無いんだよ。米屋に出せて、魚屋に無いって、そういうことじゃねえんだ。無いんだ、まるっきり、無いんだ、すまねえねぇ」

「え、魚屋ではございませんで」

「薪屋？　そうじゃない。着物屋？　そうじゃない。何だろう？　畳屋？　何だろ」

「随分、ここは貸しがある……、
いえ、そうではございません。わたくし、あの、白木屋仁兵衛《しらきやにへい》のところからまいりました」

「な、な、何？」

「手前の主人が長の患いでございまして、よく当たる易者にみてもらったところ、何でも、辰巳の方角へまいりまして、最初《はな》ぁ見つけたお医者さんに頼めば、必ず治してくれる

という易が出来ました。それをもって、こちらへまいりました。こちら、お医者様と伺いまして」

「医者？　違う、誰、医者、……あっ、おれ医者だ。そうだ、おいおい（笑）、成り立てでわすれちゃったぁ、そうそうそう、はいはいはい、おー、おれ、医者だよ。えー何、それで、わざわざ来てくれた」

「はい、こちら、医者でございますね？」

「間違いない、間違いない、石屋に見えるけど、医者なんだよ、おれ。うん、間違えないよ。じゃあ、主人が長く患ってる。白木屋さん、ほぉー、成程ね。金持ってるねぇ。おう、こりゃいいや。ウチは、長の患いってのが得意なんだ。じゃあ、直ぐに案内《あない》しろ」

「はっ、左様でございますか、ありがとうございます。そうしましたら、あのぅ、えー、先生は？」（笑）

「どこ見てんだよ？　ここだよ」

「……あなたが、先生？」

「うん、そうでぇ」

「やれやれ」

「何が『やれやれ』だ、おめえ。大丈夫だ。こんなボロは着てるが、間違えねえ、腕は確かだから、連れて行ってごらん」

「じゃあ、かしこまりました。こちらで、ございます」

「どうぞ、こちらでございます。

えー、奥方《おかみ》さん、連れてまいりました」

「ああ、そうかい、では、直ぐに上がっていただいて……、はい、どうぞ、お上がりください」

「へいっ、すいませんね。どうも、お邪魔いたします。間違いない、医者でござんす。大丈夫でござんすよ。で、患者てぇいうのは？」

「こちらでございます」

「へいへい」

ガラガラッと、開けてみるというと、布団がひいてあって、白木屋さんが、どーんと寝ている。その足元に、死神がちょこーんと座っている。

「足元っ、ふふっ、大好き、こういうの」（笑）

「大好き？」

「いーえ、大丈夫。はい、こりゃあ、助かりますね」

「左様で」

「助かります。間違えありません」

「……失礼でございますが、今まで高名なお医者様に診ていただきました。あまり、いい答えは返ってまいりません」

「ああ、そうかい？　そんなことねえよ。こりゃ、間違いなく治ります、間違いない。どんな医者に診せたんです？　藪医者じゃないの？」

「そのようなことはございません。最初は、天井洋漢《あまいようかん》先生に診ていただきました」

「天井洋漢《あまいようかん》先生、お見立ては？」

「『安静（餡製）にしておけ』と」（笑）

「甘い羊羹、餡製にしておけ、ああ、分るねえ。それから？」

「我田茶碗《われたちゃわん》先生です」（笑）

「我田茶碗《われたちゃわん》先生、何だって？」

「『元には戻らない』と」（笑）

そりゃあ、藪医者に診てもらってんの。おれが診りゃあ、ピタッと治りますから。ただねえ、こうして大勢に囲まれると、どうにもやり難いんで、ちょいとの間、ここを空けていただきてえ。いや、余計なことはしませんから、お願いします。はい、人払い、人払い、人払い」

人が居なくなりますというと、

「アジャラカモクレン……」（二つ、手を叩く）

呪文を唱えるというと、すぅーっと、死神が居なくなって、

「もう大丈夫でございますよ。どうぞ、どうぞ、お入りください。

旦那、旦那、旦那」

「はい、はいはい、う、うわぁーぁ、ああ、お早う」

「まぁっ！　あなた、身体の具合は？」

「ん？　ああ、そう言えば長く患っていた様だが、いやいや、すっかり良くなったな」

「左様でございますか、はい。お腹が空いた？　あ、そう。

先生、主人が『もう、すっかりいい』と、『何か食べたい』と申しますが、何か？」

「うん、食べ物、何でもいいんじゃないすか。あのお粥じゃなくてもいいと思う。鰻丼でも、何でも。お薬ね？　そうしましたらねぇ、家へ帰って、小僧さんにでも取りに来させりゃいい。お金は、そんときに持って来ていただいて、お願いしますよ」

家へ帰りますというと、小僧さんが来る、まぁ、薬と言っても何もございませんので、菜っ葉かなんか余った奴をトントントントン、刻みまして、こいつを紙に包んで、

「はい、これ持って帰って」

「ありがとうございます。……（笑）、これは、煎じて飲むんですか？」

「うんうんうんうん、煎じても、味噌汁に入れても（笑）。糠かけても」

「鶏の餌みたい」（笑）

「いいから、食わしておけ」

そんなものでも、身体はすっかり治っておりますから、うわっと病気が治っちまう。あれだけ医者に見離されたのに、すっかり治っちまった。「あの先生は、名医だ」と言う噂が広がりますというと、

「えー、申し訳ございません。手前共の主人《あるじ》を診ていただきたいのでございます」

「申し訳ございません。手前の家内を診ていただきたい」

「わたくしの、倅を診ていただきたい」

と言う大勢の人が、わぁっとやって来る。行きますというと、患者の足元に死神がちょこーんと座っております。

「アジャラカモクレン」ってテンで、呪文を唱えるスッと居なくなる、病気が治る、金が入る。なんとも、いい商売。

たまさか行って診ます、枕元に死神がちょこーん、座っておりますというと、

「もう、これはいけませんねぇ。ええ、駄目なんですよ。これは、もう、施しようがない。いや、本当に駄目なんです、へぇ。では、失礼をいたします」

と去る。玄関を出るか出ないかのうちに、ぽっくりお亡くなりになる。

「もう、あれは医者じゃない。生き神様だ」と言う。どんどんどんどん、人が来る、お金がどんどんどんどん入ろうという……。

さあ、お金が入りゃあ寄って来るのは、患者ばかりじゃございませんで、

「旦那、ひとつ如何でございましょう、今晩、ちょいと、こんなことを、お付き合いを願いたい」

どんどんどんどん、やってまいります。お茶屋遊びを覚える。金がありますから、金があるときの茶屋遊びというものは楽しいもんで、若い女の子や何かが、こう、寄ってまいります。

そのうち、家へ帰るのが三日にいっぺんになる、五日にいっぺんになる、十日にいっぺんになる。女房《おかみ》さんの方が、こう、角《つの》を出してまいります。今までだったら、「ごめんね」って謝ったんです。もう、金がありますから、

「ああ、そんな面倒なことを言うんだったら、いいよ。これだけやりゃあ十分だろう」

金やって、そのまま離縁。おかみさんと倅を、他所《よそ》へやって、自分は若い女といちゃつこうという……。また、若い女の人というのは偉いもんで、「この人、金ぇ持ってるなぁ」というと、賢いですからねぇ。

「旦那ぁぁ〜ん、わたし、京大阪に行ったことが無いんですよぉう。ねぇ、見物したいと思ってねぇ、旦那。一緒に行きましょうよぅ、旦那ぁぁん」

言われますと、わたしじゃありませんが、鼻血出して（笑）、

「あふぃ、いいんじゃないのぉ」

もう、すっかり所帯をたたみますというと大勢引き連れて、京大阪、面白おかしく遊ぼうというンです。

ただぁ、お金というものは使えばこりゃ無くなるもんで、どんどんどんどん使っているうちに、江戸まで戻ってまいりました時には、すっかりお金《あし》が無くなってしまう。

金が無くなりゃぁ、元々惚れて一緒になった女じゃございませんから、これもスッとどっかに居なくなる。

「何だい、すっかり居なくなっちゃったなぁ。あー、しょうがねえね、薄情な連中だねぇ。まあまあ、でも、いいや。さっぱりしていいね。こりゃ、今までだったら、そうじゃねえがな、おれにはなんせ、呪文てぇものがあるからなぁ。なーに、金が無くなったって安心だぁ。また、『医者』の看板掲げりゃぁ、何とかなるだろう」

翌日から、医者の看板をどーんと堂々と掲げますが、こりゃぁ、どう言う訳か、人間と言うのは不思議なもんで、上手くいってるときはトントントントン何もしないで、上手くいくもんですが、いっぺんこれが悪くなりますと言うと、どんどんどんどん悪くなろうという……、まるで患者がまいりません。たまさかまいりますと……。

行って見ますと、患者の枕元に死神がちょこーん。これじゃあ、お金がもらえませんので、とぼとぼとぼとぼ帰って来る。また、呼ばれて参りますというと、枕元にちょこーん。行く度に、枕元に、枕元に。

「ふうっ、これじゃおめえ、金になんねえなぁ。んだよぉ、腹ぁ減っちゃったなぁ。どっかねえかなぁ、いい患者なぁ、足元に、こういるようなさぁ。はぁ～、助けてくれ。おれが死んじゃいそうだ。……おれの枕元に居ねえだろうなぁ」（笑）

トントン、トントン。

「御免ください。トントン、御免ください。トントン、御免ください！」

「はいはいはい、えっ、誰？」

「恐れ入ります。手前、伊勢屋勘兵衛《いせやかんべぇ》の手代のものでございます」

「えっ、伊勢勘《いせかん》さん？」

「はい、主人が長の患いでございまして、どうしても先生に診ていただきたい」

「主人が、長の患い……伊勢勘さんだね？　あの伊勢勘さん（ポンと膝を打つ）。伊勢勘と言やぁあ、江戸でも三本の指に入ろうってぇ、大金持ちだ。これ上手くいきゃぁ、生涯遊んで暮らせる。（手を打つ）

おお、分った、分った。直ぐに案内をしな」

「へえ、こちらでございます」

案内をされる。家へ通されまして、長い廊下の突き当たり、ガラガラッと開けますと、伊勢屋勘兵衛が横たわっている。見ると、枕元に死神がちょこーん。

「……こりゃぁ、あのぅ、駄目なんです」

「そのようなことを仰らずに。お医者様が皆見離した患者を治すとお聞きしました。お願いをいたします」

「それは分ってる。おれだって、治したいんだよ。どっちかって言うと、おまえさんより、おれのほうが治したいくらいなんだよ（笑）。ほんとだよ、うん。だけど、これは駄目なんだ。何がって、枕元《こっち》なんだから。足元《こっち》にいりゃぁいいけど、枕元《こっち》だから駄目なんだ」

「お願いを」

「いや、お願いたってしょうがないんだよ、こればかりは。諦めてもらって」

「今、主人が亡くなりますというと、家族、手前も、家の者、皆路頭に迷います。すっかり治してくれとは申しません。半年、半年寿命を延ばして頂きましたら、お礼に三千両差し上げます」

「三千両！　三千両、欲しい。三千両は、欲しいなぁ。う〜ん、欲しいんだけども、足元《こっち》じゃなく枕元《こっち》だからなぁ、駄目なんだ、これ」

「五千両」

「値を上げられたってね、駄目なんだもん。こぅしょうがねえンだから、これ。こうなんだから」

「一万両では？」

「……一万両……は、いっぱいだねぇ（笑）。一万両、一万両、一万両ありゃぁ、孫子の代まで暮らせらぁ。一万両、何とかしてえなぁ。だけど、枕元《こっち》なんだよ、おめぇー。それ、足元《こっち》だったらいいんだけど、（はっと、ひらめく顔で）……ちょいと、そのまんま」

隣の部屋に行くと、

「すいませんねぇ、この家に力のある気のそろった男が、四人《よったり》揃いますか？」

「四人どころではございません。百人でも、二百人でも」

「いやいや、物置に乗ろうってんじゃねぇんだ。百人は要らない（笑）。その四人をね、布団の四隅に、置いてもらいたいんだ。それで、これいつになるか分らねえよ。いつになるか分らねえが、俺が（膝をポンと叩く）合図をしたら、こいつら布団の両端を持って、ぐるっと回してもらいたい」

「はぁ、何のおまじないでございましょう？」

「このまじないが効くかも知れねえんだ、頼むよ」

「左様でございますか、では、合図があったら、これを持ち上げて、ひと回りさせればよろしいんですね？」

「……ひと回りは、駄目。ひと回りすると戻っちゃうから（笑）。早い話が、枕元が足元に、足元が枕元になるように、くるっとこう回してもらいたい」

「はぁ、左様でございますか。はぁ、分りました。では、そのようにやってみましょう」

さあこれから、死神との持久戦という奴でぇ。枕元に座った死神、患者の顔を上から嬉しそうに覗き込みまして、夜中になればなるほど、眼を爛々《らんらん》とさせまして、ぐぅぅーっと睨むんだそうで。その度に患者の方が、「うぅっ」っとうなされようという。夜中、人がうなされるというのは、これは死神に睨まれているんだそうで……。

伊勢勘さん、余程体力があったとみえて、うぅーっと盛んに睨まれましたが、何とか峠を越します。明け方近くになってくる。さあ、そうなりますと死神のほうも、そうそう頑張っちゃいられません。

「はぁっ～（笑）。頑張ったのになぁ、今日（笑）。ま、いいかぁ、明日頑張ろ。……ぐう……」

「ここだ！」と思いますから、（膝を打つ）合図をしますというと、くるっと回る。間髪入れず、

「アジャラカモクレン……（手を二度打つ）」

呪文を唱えますというと、「びゃぁー」、驚いたのはこの死神のほうで。枕元に居るつもりが、足元ですから「ギャァッ」ってぇと、ヒャッと居なくなった。

「さあさあさあ、もう、よろしゅうござんすよ。

ええ、旦那、旦那？　旦那？！」

「ああー、あー、おう、皆揃ってどうした？」

「はぁ、お身体の具合は？」

「ん？　やあぁー、身体ね、あー、そう言やぁ。長く患っていた筈だ。あー、すっかり、よくなりました。

　ここ何日か、重い雲に、こう、覆われたような心持ちがしたがねぇ、いやぁ、夢で見た。あらぁ、確かに三途の川だったよ。船頭の顔は見えなかった。手招きをされたから、あたしそのまま、ふらふらっとその船ぇ乗ってね。船ぇ、すうーっともう少しで向こう岸に着くなという時、船がくるっとひっくり返ってね（笑）。そのまま、こっちへ戻ってきた」

「はぁ、左様でございますか、船が戻って来たそうで」

「ええー、だから布団回して、これが効いたんだよ。もう、あっしのおかげとかそんなことはいいんで。なんせ、一万両でございますから、ありがとうございます。これから？　宴をする？　そうでございますか、あっしはね、そういうのはどうも苦手なんで、ちょいと馴染みの居酒屋《こういうとこ》で一杯やりやすんで。

　今ぁ、一万両そのまんまもらってもいけねえんで、五十両ばかり、最初《はなぁ》頂きましょうか。へえへえ、ありがとうござんす。そうしましたら、残りはちょいちょい伺いますんで、この顔を覚えておいてください。頼みますよ。そいじゃあ、さよなら」

　奴さん、女のところにまいりますというと、久しぶりに小判まいて酒飲むってんで、いい心持ちになりまして、表へ出る。

「はっはっは、どうでぇー、えっ、やっぱり人間なんてぇのは、頭を使わなくちゃいけねぇなぁ。考えられるうちに、ものは考えなくちゃいけねぇってのは本当だよ。枕元に居ると思うから、こりゃいけねえなぁ。これをすぅっとひっくり返しゃぁ、それでいいんだ。おれも考えたね。一万両だもんなぁ。生涯遊んで暮らせる。呪文を教えてくれた死神さんに、ありがと、感謝一杯だねぇ。ありがてぇねぇ」

コン。コン。（杖をつく）

「おい、……おい」

「へ、へい、わぁ、びっくりしたぁ。……死神さんかい？」

「はい、死神です」（笑）

「久しぶりだなぁ、えっ？」

「久しぶり？　今まで一緒に居たじゃねえか」

「伊勢屋、あれ居たのぅ？　おまえさんかい？　そらぁすまなかったなぁ、悪《わり》いことしたなぁ、おい。おれ気が付かなかったんだよ。死神さん、みんな同じ様な顔だからさぁ。みんな禿げてんのな、分らなかった（笑）。知らねえんだもの、すまねえ、すまねえ。悪かったな」

「……この野郎、あれほど言ったなぁ。枕元の死神にゃぁ、手ぇ出しちゃいけねえって」

「……何か、怒ってんのか、おい？　悪かったよう。すまねえ、勘弁してくれ。ああ、じゃあ、こうしよう。半分の五千両、おめえにやろう」

「おりゃぁ、命の方がいい。金、いらねえ。おめえの命が、いいなぁ」

「おいおいおい、気味の悪いこと言うなよ。だから、こうやって謝ってるンじゃねえか、なぁ。頼むよ、なぁ」

「おめえに見せてぇものがある。その穴へ入《へえ》ンな」

「……おめえ、いつの間にこんな大きな穴開けたんだ？　まずいよ」

「いいから、中へ入んな」

「いいよぅ、真っ暗じゃねえかよ、これ、なあ」

「じゃあ、これぇつかまって、さあさ、いいか？」

「おい、ちょっと待って、おーい、ちょっと待って、そんな強く引っ張るんじゃねえ」

「いいから、さあ、こっちへ来い。こっちへ来い。いいから、こっちへ来い」

「お、おい、ちょっと待ってくれ。そう、急ぐんじゃない。おい、真っ暗じゃ、おい、あっ、あっ、あぁぁぁっー」

ドスン。

「あいたたた、痛い、痛て、あー、痛ぁ。乱暴に引っ張るなよ。えー？　……きれいだな、おい。星空ぁみてぇじゃねえか。……そうじゃねえ、これ、蝋燭《ろうそく》か？　蝋燭がこれぇ、沢山あるんだ。

ああ、死神さんよ、死神さんよ！」

「気がついたか？」

「これ一体、何だい？」

「あー、これなぁ、人間の寿命だよ」

「人間の寿命、この蝋燭が……。死んだ爺さんがそう言ってた。人間の命なんてな蝋燭の火みてぇなもンだって、うん。本当だったんだなぁ」

「長《なげ》えのは、まだまだ命がある。短けえのはもうすぐ死んじまう」

「おう、なるほどね。それで、長えの短っけえのあるんだ。……おっ、これなんぞは、こう長くて威勢よく燃えてて、いいね、これねぇ」

「ふはっ、やっぱり情ってぇものはあるンだな。それぇ、おめぇの倅だよ」

「はぁ、奴かい？　へぇー、なるほど、こらぁーまだまだ生きるねぇ。元気にしてやがンだなぁ。その隣、半分ぐらいでもって、ブツブツ、ボワボワっ、熱《あ》ちち（笑）。危ない、バッチバッチバッチバチ、燃えてんの、これぇー、まさか？」

「そう、おめえの別れた女房《かみ》さんだよ」

「やっぱりねぇ、へえ、蝋燭になってもバチバチ言ってんだね（笑）。へー。

……その隣、もう蝋が熔け出しちゃって、芯が傾いて今にも消えかかってる、これぇー、まさか?」

「うん、おめえのだよ」

「消えかかってるよ、これ」

「死にかかってるよ」

「消えたら?」

「死ぬよ」(笑)

「いや、おれじゃない」

「いや、おめえのだよ」

「だって、おめえ会ったときにそう言ったぁ、『おれの寿命はまだまだある。嫌になるくらい生きる』って、そう言ったよ」

「あー、おめえ、まだまだ生きる筈だった。だけど、おめえ、おれの言うこときかないで、枕元の死神に手を出したろう? なあ、あれで、伊勢勘さんと寿命を取替えちまった」

「じゃあ、これは本当は伊勢勘の。おいおい、知らなかったんだよ。なあ、頼む(手を合わせる)。金ぇ返す。なっ? あの、もういっぺん取り替えてもらう、頼む、この通りだよ」

「あはっはっ、駄目だよ。うん、それ出来ない」

「そんなこと言わないでよ、頼むよ。だっておまえあれだろ、おれの名付け親だろ？」

「いっぺん、助けた。あと死神は、人の命奪う。うん、その方がいい」

「そんなこと言わないでよ。頼むよ、この通りだよ。だって、いっぺん助けてくれたんだもんな。小《ち》っちゃい頃から見てんだろ、おれを？　なあ、頼むよ。死《し》ンさん！」

「何が、死《し》ンさんだ（笑）。気安く呼ぶな。だけども、おめえのことは、こーんな子供《ガキ》の時分から見てる。可哀想だな。情けねえ野郎だ、よし。おめえに、もういっぺんだけ情けかけてやろう。

　ここに、灯《とも》しかけの蝋燭がある。これに、火ぃ移せたらなぁ、この分だけ、また、おめえ寿命が延びる。やってみるか？」

「ちょ、ちょ、貸してくれ、待ってくれ。あー、頼むぜ、消えるなよ、消えるなよ。移ってくれ、移ってぇ」

「はっはっは、はぁい、消えるよぉ、ほらぁ、急がねえと、消えるよ」

「ちょ、ちょ、待ってくれ。ちょ、待ってくれ。頼むよ。頼む、頼む、点《つ》いてくれ、点《つ》いてくれ。あぁぁぁ、なぁぁぁ、畜生！　点《つ》けぇっ！　頑張ろう！」

「はぁっ、あはは、震えると消えるよ」（笑）

「くぅぅうん、そういうことを言うんじゃねえ、畜生。あーっとーっ、震えが止まらねえ、この野郎。何で、点《つ》かねえんだ、頼む」

「さっき、芯、舐《な》めといた」（笑）
「どうして、そういうことを、おっとととととと、熱つ熱つ熱つ熱つ」
「あぁー、あぁー、消えるよ。……消えるよ。……消えた。あはは、残念だったなぁ、あはは、はは」
「（年増の女性）はぁーあ、まったくまぁ、世の中こんな面白くないこと無いねえ。金はなくなるし、亭主はどっか居なくなっちまうし、あー、もう生きててもしょうがないねぇ。あ、そうだ、死んじまおうかしらぁ。そうだねえ、今までこんなこと考えたことも無かった。そうだ、死んじまおう。あ、それがいいやぁ。そうすりゃ、何も悩むことは無いんだもんねぇ。死んじまおう。だけど、待てよぅ。初めて死ぬんだから、どうやって死んだらいいんだろうねぇ。首くくるたって嫌だしねぇ。川へ飛び込むたって、寒いしね。何か、いい死に方、無いかねぇ?」
コン。コン。（杖の音）
「おーい、死に方教えてやろう」

◆対談・落語家のトリヴィア　六
「新作落語について」

三遊亭兼好 & 十郎ザエモン

十郎ザエモン　新作は兼好さんもお作りになりますが、新作の場合は、基本的にその人のものという感じですが。

兼好　いやいや、でも今では新作をその人だけということでもなく、三遊亭円丈師匠や、柳家喬太郎師匠、三遊亭白鳥師匠のネタを、若い噺家さんたちが演るようになっていますね。だからおそらくは、もう一世代変わると、さて元は誰だったっけというぐらいにまでなると、いわゆる古典的な落語に、どんどん変わっていくんだと思います。

十郎ザエモン　そうでした。一時期のＳＷＡというね、春風亭昇太さんが提唱者で、昇太さん、白鳥さん、喬太郎さん、彦いちさんの四人が、新作落語をその全員で作りあって、それぞれ全員でそのネタを持ちネタにするという考え方を広げようとしてやったのは、その意味合いだったんですよね。本当にその形が、出来上がりつつあると思いますね。

新作落語というと我々世代が思い出すのは、まず桂米丸師匠、――今の芸術協会の歌丸師匠の師匠や、三遊亭円歌師匠、春風亭柳昇師匠などいらっしゃいます。

兼好　そうですね。柳昇師以外は、現役でご活躍されていますね。

十郎ザエモン　米丸師匠が作られた新作『電車風景』とかありました。
兼好　今でも金語楼先生のネタなんかもやっている方がいますし、上方で言えば今の文枝師匠……。文枝師匠のネタなんかは、もう上方にとどまらず、東京でもやっていますしね。はん治師匠が東京でかけるようになって、また一段と爆笑派になっていますから。
十郎ザエモン　『背中で泣いてる唐獅子牡丹』ですね。
兼好　あと『ぼやき酒屋』とか
十郎ザエモン　文枝師匠の噺は、すごく一般性が高いというか。
兼好　やっぱりそこは素晴らしいですよね。普通だったらもう六十、七十で楽隠居でもいいいでしょうけどね。まあ今の年齢だとそうですね、六十五から七十くらいで、ちょうどいい原稿なんですよね。落語そのものが。
　だから昔、明治とかそのころは、、落語の原稿は四十歳ぐらいがターゲットで作ったんじゃないかなと思いますね。だからあんまり若すぎては面白くないんだけど、四十ぐらいになると、ちょうど子供役も、おばあさん役も、おじいさん役も、若いやつも、全部できると――。ところが今、年齢的に若くなっていますから、今の四十ではなくて、おそらく今だと六十ぐらいの人たちがやると、ちょうどいい原稿になっているんでしょうね。
十郎ザエモン　なるほど。
兼好　そうすると、三十代で全然評価されない噺家でも、六十になったらすごく評価される可能性があるんですよ。

十郎ザエモン　それはありますね。

兼好　はい。周りを見ていると、いっぱいいます。この人は六十になったら面白いなという、あの、先輩でも後輩でも。だからそこが分からないところなんですよね。普通の会社なんかだと、六十にもなりゃたいがいの仕事は終えて……。

十郎ザエモン　まあ、一般的な年齢よりプラス二十ぐらい足した感じですよね。六十で中堅どころという。

兼好　はい。だからさっき前座の修業時代があると言っていましたけど、もしかしたら芸そのもの――落語というそのものだと、六十歳までが何となく修業期間ということなんでしょうね。そこまでいろいろなことをやってみて、六十になったときにちょうどよくなると一番面白いんでしょうね。だってあれですよ、あの昇太師匠なんか若手とかいっているんですから（笑）。

市馬　阿武松

『阿武松』柳亭市馬

2012年8月3日
日本橋社会教育会館 「人形町・市馬落語集」より
協力；柳亭市馬事務所 オフィス・エムズ

パスワード 20120905

『阿武松』

この噺は、「おうのまつ」と読むので、強烈に記憶に残る演目ですが、不思議に滅多には高座で聴けない落語の一つです。おそらく、余程相撲への愛着がないと歴代横綱の出身地、名前を覚えるのが、噺家さんにとって大変なのだと思います。

ところが、柳亭市馬師匠の相撲への知識と愛情はとても深く大きいもので、音声配信でまくら部分を聴いていただければ納得頂けると思います。テレビの相撲中継を観ると、客席の中に市馬師の大きな顔が紛れ込んで映っているのは、よくあることだそうで……。

相撲に限らず歌舞伎にも詳しく、芝居噺の『淀五郎』なども絶品の市馬師。加えて、懐メロも詳しく大好きで、歌が上手いことから歌手デビューも果たし、歌手協会にも所属しています。２０１４年には落語協会会長に就任して、ますます芸に磨きがかかっています

※音声配信の『阿武松』は、２０１３年５月に発売したＤＶＤ「柳亭市馬落語集 阿武松／百川」（ＴＳＤＳ-７５５４８）の音声部分を二次使用したものです。予めご了承下さい。

『阿武松』　柳亭市馬

今と昔と相撲がだいぶ違いますと言うのが、昔は現役の力士でありながら、弟子を持っております。つまり、部屋持ちであり、自分も現役でやるプレイング・マネージャーと言ったらいいでしょうか。野球の方では、そう言うンですが、野球でも最近そういう方は本当に珍しい。たまぁ〜にでますが有名なのはね、野村さんがずうーっとそうでしたけれども、最近じゃあ、西武の伊東さんとかね、ああいう方は現役でやっていながら監督を務めていた。

昔は、二枚鑑札《にまいかんさつ》といって、そういうのが当たり前だったそうですが。京橋の観世新道《かんぜしんみち》にお関取で武隈文衛門《たけくまぶんえもん》という人がいたそうで。武隈と言う名前は、今、年寄りの名前で残っております。元の黒姫山、今、武隈親方ね。

この江戸時代の武隈ってぇ人のところへ、能登《のと》の国、鳳至郡《ふげしごおり》というところから、今で言えば、村長さんでしょうか、昔の名主様の添書《てんしょ》を持ちまして、一人の若い者がやってまいりました。

で、親方がこの手紙を読んでみますってぇと、名主様の字《て》で、「この者は相撲修身であるから、どうぞ弟子に取り立ててもらいたい」ということで、これは無碍《むげ》にはできません

ので、

「まぁ、とにかく身体を検査《あらため》にゃあならんでな、着物を脱いで裸になれ」

「へい」

裸にして調べてみます。まことにいい骨格をしておりますので、

「よし、では、われを弟子にして『小車《おぐるま》』という名前をやろう。しっかり働け」

「へえ、よろしくお願いします」

ってンで、この男が一番下っ端になりまして一所懸命働く修行に入った訳なんですけど。まあ、何の修行でも、これがやさしいと言う修行はございませんが、とりわけお相撲の世界は、今も昔も大変なのにかわりはないわけで……。

いろいろ働《や》らなくちゃなりませんが、下っ端のうち、ちゃんこ番ってのがありますわね。皆が食事をいたします。もちろん、親方、そして親方の家族の食事も面倒見るわけなんですけど、総監督はやはり部屋のお内儀《かみ》さんでございます。

近頃、どうも、米の減りようが激しい。お米がどんどん無くなっちゃう。今までと違う。おかしいなと思って、誰が了見のよくない奴がお米を持ち出して、それを酒に換えて晩酌《こんな》ことしてるんじゃないかなんてンで、目を光らせていたんですけども、そんな様子は無い。どうして、こんなに米が減るのかな？　とよくよく見ますと、今度来ましたこの小車という新弟子が、大変な大食漢、大飯食らいでございます。

まあ、相撲取りになろうって人ですから、大飯食らいは当たり前なんですが、これがまた頭抜けて食べる。

朝、お釜で米を炊きますけれども、必ずお釜で炊きますから、下に〝おこげ〟ですな、〝釜底《かまぞこ》〟と言って、これが出来るわけで。これを上手い具合に、こそぎまして、赤ん坊の頭ぐらいあるお結びをこしらえて、こいつを七、八つ、ぺろっと食べる。これが食前なんだ（笑）。これから、お膳に向かって本格的に食べはじめるンですが。これを見ましたお内儀《かみ》さんが、血相を変えて、

「親方、まあー、大変だよ。何だい、今度来たあの小車。あたしゃあ、化け者じゃないかと思うよ。あんなに大飯食らいは見たことがない。そりゃ、いくらも食べる奴はあったけれども、三十八杯、おまんま、おかわりして、まだかわりよってンだ。もう、勘定が出来なくなって、あんな奴に居られたら、部屋《うち》は食い潰されちまうよ。今のうちに暇を出して、辞めさせちまったほうがいいよ」

なんて、雌鳥勧《めんどりすす》めて雄鶏時《おんどりとき》を作るってやつで。

「小車をこれへ呼べ……。小車、われは随分飯を食うそうだな？　馬鹿野郎。昔からな、ただ大飯を食う奴にろくな奴はいない。無芸大食。おまえのような奴はとても力士には向かん。故郷《くに》へ帰れ。……帰れと言ってもただ帰すわけには、いかん。ここに一分ある。これはおまえにやる訳ではない。添書を添えた名主様に対すわしの礼だ。これを持っ

て、とっとと田舎へ帰れ！」

口答えなんかできる商売じゃない。仕方がありません、もう、クビだと言われました小車は、もらいました一分の銭を懐に入れて、京橋から板橋の方へ行く、あれから、志村、その先に戸田川と言う川があります。

今じゃありません、昔ですから橋がないンで、渡しの船をずうーと栈橋のところで、腕組みをしながら考えて待っておりましたが、どう考えても、面目なくて故郷《くに》へは帰れない。そりゃあそうでしょ、故郷《くに》を出るときには、もう、親類縁者はもちろん、村中が集まって末には、「大関になれよ」、「しっかりやれよ」、ワァッテンで送られたそれを思えば、「おまえ、どうして帰ってきた？　はぁん？　飯食い過ぎた」（笑）。あんまり馬鹿馬鹿しくて、話ができない。

「あぁー、とてもじゃねえが、故郷《くに》に面出しは出来ねえ。いっそのこそ、この川に身を投げて死んでしまおう。しかし、ただ死んだって……懐には一分の金がある。天下の通用を沈めてしまうのは勿体無《もったいね》え。昔、青砥左衛門《あおとさえもん》という人は、三文の銭を滑川《なめりがわ》に落として、松明をつけて家来に捜させたという話がある。……そうだ、このまま死んだって仕方が無い。今の板橋に戻れば宿場が沢山ある。あそこに一晩泊まって、一分だけ腹一杯飯を食って、明日、川に入ったって遅くない。そのほうが金も生きるし、飯が食える」

ってね（笑）、やっぱり、飯ぃ食う人は、そこに考えが落ち着くようで。

とって返しました板橋の平尾、橘屋善兵衛《たちばなやぜんべえ》という結構立派な旅籠でございまして。また時間も早いものですから、他のお客さんもそうそうあるわけじゃありません。いい部屋に通されまして、女中が出てまいりました。

「ありがとう存じます。あの、お客様、何ぞ御誂《おあつら》えものがありましたら、今のうちに仰っていただければ仕度をいたします」

「いやぁ、姐さん。おらぁ、誂えもんとて何にもねえが、ただ人一倍飯を食いますで、飯だけはどうぞ、大きめの丼で切らさずに持ってきてもらいてえ。おれが、『もう、これでいいから』と言うまで。おかずはどうでもいいが、飯だけはなんとかしてもれえてえと思うやす、はい。……先に、金《これ》を、お払い申します」

てンで、そこへ出しました一分銀。その時代に、一分といえばこりゃ大金で、他のものはいらない、飯だけをただ食わせろってンで、ま、不思議なお客様があったと思うけれども……、

「かしこまりました。すぐに仕度はいたしますが、今、お風呂がよろしいんでございますの。ええ、他のお客様もまだお入りじゃございません。どうぞひとつ、お風呂に入っていただいて、ごゆっくりなさいますように」

「いやぁ、わしは湯は不要《いい》」

「そんなことを仰らずに、湯加減がよろしいンでございますから、どうぞ、ごゆっくり

お入りになりまして。お疲れがありましょうから、どうぞひとつ、そのあいだに仕度をいたしますから」

「いやぁ、湯に入ることはありません。明日、川へ入ります」（笑）

「何でございます？」

「いやぁー、こっちのことで。では、飯をお願いします」

「かしこまりました」

って、さあこれから、女中がお鉢を持ってまいりまして、「お給仕を」ってンで、この男も丼をかまえまして、もそもそもそ食べはじめたんですが、普段から大飯食らいの人が、ただでさえ、この世の飯の食い納め。いや、食べる食べる（笑）。お鉢を三度おかわりしたってンだ。お鉢ですから、こりゃまあ二升入るとしても、二三《にさん》が六なんだ。この六升、それでやめたわけじゃねえンだ。まだ、どんどんどんどん、今、続いてるってンで、まあー、女中が驚いて下で噂話をしておりますと、

「これこれ、まあ騒々しい、おまえたちは。お客様方の噂話はいけませんよ。何？　うん、お米がどんどん減りますぅ？　ご飯が？　いいじゃないか。まあ、ご飯がどんどん減るぐらい、宿屋としてありがたいことは無い。それだけお客様がある証拠だ。うん？　お一人のお客様？（笑）お一人が、ほぉー、そうかい。そりゃまた珍しい。それだけ召し上がるンなら、おかずも足りなかろう。料理番に話をしてな、二品《ふたしな》、三品《みしな》見繕って、あた

しからだと言ってお客様にな。御代を頂戴することは無い。『これはほんの主人《あるじ》からの気持ちでございます』と言って、おかずを差し上げて。後刻《あと》からあたしも見物に行くから」ってンでね（笑）。お飯《まんま》の見物なんてのは、ありませんが。

「お客様、いらっしゃいまし。主、橘屋善兵衛にございます。今日はお宿をいただきまして、ありがとうございます。いやぁ～、女中たちの話を聞いておりましたが、随分ご飯を召し上がるということで、いえいえ、よろしいのでございます。どんどん召し上がっていただいて。ええ、この板橋というところは、大変に農業も盛んでございましてな、うちも年に二百俵という小作米が収穫《あが》ってまいります。その中から、お客様にご飯を召し上がっていただいておりますのでな、特別にご飯の御代というのはいただかない。定まった宿賃だけで結構でございますから、遠慮なく召し上がっていただきたいと思いますが、いやぁ、見てる間にもそうして召し上がって、そのように、そうやって食べられれば、さだめしご飯も美味いもんでございましょうな？」

「……いや、それがあんまり美味くねえです……」

「美味くない？　美味くないのにそんなに召し上がるという（笑）、何か訳があるんですかな？　どうも、目頭が濡れてらっしゃるが、何か訳が。それでしたら、自分で思い悩むことなく、他人《ひと》に話をしますとな道が開ける、灯りがさすということはあるンだ。自分だけで考えていたら、心が塞がってな、いろいろと悪い方へ悪い方へ考えるもので、よかったらわたしで力になれることでしたら、力になりましょう。お話をなさい。一体どうしたんです?」

「はい……、旦那がそうして、情け深くお聞きくださるで、もう恥も外聞もありません。お話をいたします。

実は、おらぁ、こうだに図体の大柄《でけえ》ところから、子供のときから、『おめえは末行ったら、相撲取りになるより仕方がねえ。相撲取りになって出世しろや』と言われて、おら、能登の国から出てまいりまして、京橋の武隈関の弟子になりまして、小車っちゅう名前までもらいました……」

「おうおうおう、武隈。おおう、あの関取。あたしも相撲が好きだからね。うん、うん、知ってますよ。武隈関の弟子になって」

「はい、ところが、おらぁ、人一倍飯食いますで、『おめえのような奴は、ろくな相撲取りになれないから、今のうちに帰《けえ》れ』と言われて、一分の銭持たされて、おらぁ故郷《くに》へ帰《けえ》されやした。どう考えたって、故郷《くに》には顔向け出来ねえで、戸田川に身ぃ投げて死んじまおうと思いやしたが、ただ死んではもらった一分の金が死んじまいますから、天下の通用をそういうことをしてはなんねえと思って、それから、一晩旅籠《こちら》にご厄介《やっけえ》になって、一分だけの飯を腹一杯食って、明日死んじまおうと思います。だから、一杯《いっぺえ》食えやぁ、一杯《いっぺえ》づつ、寿命が縮まるンでございます」

「……はぁー、そういうことでしたか。やぁー、よく泊まってくれたね、うちに。おまえさんね、立派な関取になって、武隈関を見返してやりゃあ、それで済むことだろう、なぁ。

若いうちは八方塞《はっぽうふさがり》になって、そうして、なんぞって言うと『死ぬ、死ぬ』と言うが、死んで花実の咲くものか、人間死ぬ気で一所懸命やりゃあ、できないことは無い。

はっはっ、わたしもなぁ、さっきも言うように相撲が好きで、懇意にしている親方もあるから、そこにおまえさんを弟子に紹介しよう」

「いやぁー、折角そうして世話してくだすっても、どうせ、また飯食い過ぎるから、暇《くび》になるのが関の山で」

「いやいや、そんなことを心配しないで、おまえさんが一人前になるまで、あたしが仕送りをしようじゃないか。まあ、さっきも言うように、二百俵の小作米が収穫《あが》るから、それぇー考えてもな、心配をすることは無い。今日はおまえさん、死ぬ気で食ったから分からんだろうが、普段どのくらい食べるんだ？」

「……いやぁ〜、生まれてこの方、腹一杯《いっぺえ》食ったことがねえから、わかんねえ」（笑）

「厄介な腹だね、こりゃあ（笑）。どのくらい食えるか、分からない。う〜ん、まあ、一片食《ひとかたけ》一升として、一日三升、十日で三斗、う〜ん、三三が九の、……どうだい？　おまえさんが幕に入るまで、五斗俵《ごとびょう》を二俵《にひょう》づつ、おまえさんにあたくしが仕送りをしよう。ええっ、五斗俵、二俵。うん、これだけあったら、どうだい、ええ、大丈夫だろう」

「……何ですか、旦那。一人前になるまで、五斗俵、二俵！　毎月！」

「うん、足りるだろう」

「五斗俵、二俵あれば、……足りるかな？」（笑）

「おう？　心細いね、こりゃあ。まあまあ、それで足りなかったら、あと、どんどんナニしよう。


あたしの知ってるね、懇意の親方で、根津の七軒町《しちけんちょう》にね、鎹山喜平次《しころやまきへいじ》という、この人はね、武隈関とは番付はそうは変わらない、五分五分《おっつがっつ》の人だが、身体は小さいがね、小気味のいい、ああ、いい相撲をとる。ああ、人情家だしね、うん。あの親方だったら、何とかしてくれると思う。心配をすることは無いよ。明朝《あした》、親方のところに連れて行ってやるから、しっかりおやり」

「……旦《だん》那さん、ありがとうごぜえます。何だが、おらぁ、やる気が出て来ただ。心の霧が晴れたようで、いやぁ、すんません、姐さん、喜んでくだせえ。こちらの旦那のおかげで、おらぁ命がつながった。


あーあ、力漲《みなぎ》ったよ。今までは、もう、これで死ぬかと思ったら、美味くも何ともなかったが（笑）、これからは味わって食うべえ」

「まだ、食うのかよ」（笑）

えらい騒ぎで。

宿屋というのは、朝の早い商売でございます。昨夜《ゆんべ》、腹一杯食べまして、枕につきましたこの男……、

「おう、どうしたい？　他のお客様は？　ああ、もう、皆お出掛けになった。で？　取的《とりてき》は？　え、まだ寝てるかい？　うん、さっき起きて、顔を洗って、今、ご飯を食べてますぅ（笑）。やってるねぇ。じゃあ、そっちが済んだらなぁ、『あたしの方はいつでもいいから』ってそう言っておくれ。

「旦那《だん》さん、お早うごぜえます。昨日は、ありがとうごぜえました」

「おーおー、お早うお早う。飯の方は、いいのかい？　ああ、別に急がす訳じゃないが、仕度は出来てるから。じゃあ、連れて行きましょう。そういう訳でな、あたしゃあ、根津の親方のところへちょいと、この人を連れて来るから、頼みますよ」

「さあさあ、おまえさんも一所懸命修行をして、うん、立派な関取になって、故郷《くに》へ帰って晴れ姿を見てもらいなさい。ここは賑やかだろ？　巣鴨《すがも》の庚申塚《こうしんづか》だ。どうだい？」

「はぁ、昨日もここを通ったわけでございますがなぁ、おらぁ、考えごと《かんげ》しながら、この賑やかさには気が付かなかったです」

「ああ、そういうもんだい。うん、ここが本郷の追分だ。はっはっは、話早いやぁ、うん。根津の七軒町、あ、あそこがな、錣山関《しころやまぜき》の部屋《うち》だ。こっちへ、おいで」

「はい、お早う！」

間口が四間半もありまして、そこに粗い面取りの格子がはまった、あー、相撲取りらしい家でございました。朝の掃除を浴衣掛けの取的が二、三人で、こうやっております風景というのは、まことに見ておりましてもいいもので、

「あぁ！　板橋の旦那さん、お早うごぜえます！　いやぁ、こねえだ、豪華《えら》くご馳走になりまして。あの明くる日は、ええ相撲が取れました。ありがとうごぜえやした。あ、ちょっくら待ってくだせえ。……兄弟子《あんでし》！　兄弟子！　いやぁ、板橋の旦那さん、見えたで！」

「いやぁー、これはこれは板橋の旦那さん、いやぁー、こないだも大勢でありがとうございました。お早いことで」

「いや、ちょっとな、親方に用があるんだがおいでになるか？」

「はい、ちょっとお待ちくだせえ。親方、板橋の旦那さんが見えましたで」

「いやぁー、これはこれは、板橋の旦那さん、いつも若え連中《わけ》が世話になりまして、ご馳走になりっぱなし、お礼に上りゃあならんと思いながら、いつも無沙汰ばかりで御免をこうむっております」

「いやいや、親方にお礼を言われるほどのことは、しておりませんがね、ええ。まあ、そうやって皆が喜んでくれりゃあ、あたしも楽しみなもんだ。実はね、今日はお願いがありましてな」

「うん、何です？　そのお願いとは」

「弟子を一人取ってもらいたいと思ってね」

「……弟子、力士ですかな？　……旦那の仰いようなら、身体を見ずにお引き受けいたしましょう」

「ほー、そういうもんかね。弟子を取るのに、身体を見なくても大丈夫」

「いやいや、どなたがお世話くだすっても、一応、身体は検《あらた》めにゃあなりませんが、旦那のような相撲好き、十日の相撲を十二日観る（笑）。間違いはありません」

「誉められて、悪い気持ちはしないけど、親方、不思議なことを言うね。十日の相撲を十二日観る？　そりゃあ、観ようが無いだろう」

「いやいや、明日からここで相撲が始まるなぁーという小屋掛けを一日観て、中の相撲を十日観て、昨日までここで相撲があったんだなぁ（笑）。小屋を壊すところをご覧になる。十日の相撲を十二日観る、本当の相撲好きで」

「はっはっは、そう言われると、まあ、嬉しい気持ちがしますがな。とにかく連れて来ましたンで、一応会ってやってもらいたい。

おいおい、すいませんな、あのー、一緒に来ました若いのをこっちへね、はいはい、ああ。さあさあ、こっちへおいで。ここにおいでになるのがな、これからお世話になる錣山関だ。ご挨拶を申しな」

「はい、……親方、初めてお目にかかりやす。おらぁ、能登の国の鳳至郡《ふげしごおり》鵜川村《うかわむら》七海《しつみ》、父様《とっつぁま》は仁兵衛《にへい》、その倅で長吉と申します。なにぶん共によろしくお願え申します」

敷居越しに深々と頭を下げておりますこの山出し男を、錣山がじっと見ておりました。

お相撲の番付で、言うまでもありませんが一番上が横綱なんですが、そもそも大関が一番上の位でございまして、大関の中で頭抜けて強い人、それでまた人格にも申し分が無いという人が、このぅ大関の称号として横綱というのをいただいたそうなんで……。

深川の八幡様に、「横綱力士の碑」ってンで、代々の横綱の名がずらぁーっと初代から、今の白鵬さん六十九代目まで。江戸時代から六十九人しかいない横綱でございますが、初代の横綱が野州《やしゅう》宇都宮の人で明石志賀之助《あかししがのすけ》という。二代目が同じく野州栃木の産で綾川五郎次《あやがわごろうじ》。三代目が奥州二本松、丸山権太左衛門《まるやまごんたざえもん》。四代目の横綱が、奥州宮城郡《ごおり》、谷風梶之助《たにかぜかじのすけ》という。

『わしが国さで見せたいものは　昔　谷風　今　伊達模様』と端歌《うた》にまで歌われました寛政年度の名力士、谷風梶之助。五代目が、この谷風の好敵手でありました今の滋賀県の大津から出ました小野川喜三郎《おのがわきさぶろう》。六代目の横綱が、能登の国、鳳至郡鵜川村、阿武松緑之助《おうのまつみどりのすけ》という。相撲道がひらけて六番目に横綱免許を取ろうという男が、敷居越しにお辞儀をしている。武隈には分からなかったそうで、この錣山が一目見たときに、

「……旦那さん、相撲になりてぇちゅうは、この男ですか?」

「そうなんだが、どうだろうね。親方。この男、相撲には」

「……相撲には、いい」

「いいかね?」

「いい」

「いいかい?」

「いい」（笑）

「そんなに?」

「いい（笑）、……いい」

神経痛の人が温泉入ってるみたい（笑）。「いぃーい」ってるン（笑）。

「兄さん、あー、もうちっと、前へ出なさい。今年、幾つになる?……うん、二十五か。いやいやいや、まだまだ遅いことは無い。うん、一所懸命やれ。

酒の方はどうだ?　ああー、だいぶ飲むか?　一水も飲《や》らん。ほぉー、まあ贔屓《ひいき》の旦那連中が勧める様になれば、酒も飲める様になるだろう。

博打はどうだ?　ああー、賭け事は?　あぁ、何もやらん。うん、色事《こっち》か?　女の方

は？　あぁ、傍《そば》に寄るのも嫌（笑）。

ほぉー、男と生まれて三道楽煩悩《さんどらぼんのう》、酒に博打に女、このひとつはどれか好きになるもんだ。三つとも嫌いという奴は、噺家の市馬ぐれえのもんだ（笑）。

何か、好きなものは無いのか？」

「えー、ところがそれがあるんだ、もう、頭抜けて好きなものがひとつねえ」

「ほぉー、歌うのが好きか？」（笑）

「そんな馬鹿な道楽じゃねえんですがね、えー、実はね、頭抜けて好きなのが御飯なんでね」

「おまんまぁ？　おまんまとは？　どんな獣《けだもの》で？」

「獣じゃねえ。食う飯が好きなんだ」

「飯！？　はっはっはっはっは、旦那さん、馬鹿げたことを仰って。人間、飯の嫌いな奴はおりませんで」

「いや、そりゃそうなんだ、嫌いな奴は居ないんだ、皆好きなんだけどねえー、好きすぎるンだ。

うーん、割って話をするとね、実はここに来る前に、京橋の武隈関のとこに行って弟子に入っていっぺん小車と言う名前までもらったんだが、とにかく大飯を食らい過ぎると言うんで、暇ぁー出されちまって、縁があって家に泊まってくれたところでねぇー、おまえさんに話をする訳なんだが。

おまえさんも二度目の弟子入りだと思うと、気乗りがしないかも知れないが、この人が立派になるまで、何とかなるまで、あたしがね月々五斗俵二俵づつ仕送りをしますから、そこんところでひとつ面倒を見てやってもらいたいと思います。親方、何とかひとつ、お願い申します」

「いやいや、旦那さん、心配することはありません。この人に月々五斗俵二俵という、その仕送りだけはやめてもらいたい。入幕するときに化粧回しのひとつ、印物《しるしもん》でも拵《こしら》えてやってくれれば、それで結構。

武隈関は、何ぞ勘違いをしておられるようだ。相撲取りが飯を食わんようでは、大《おお》きゅうなりません。従って、強《つよ》うはならん。

兄さん、ウチは遠慮することは無い。どんどん食え、あー、心配することは無い。遠慮無しに食え。仮に一日、一俵食ったところで（笑）、年に三百六十俵（笑）、ウチは二俵づつ食わせよう」

化け物だよ、それじゃおまえ（笑）。

「ときに名前を付けたいと思うが、どうでしょうな〝小緑《こみどり》〟という名前は？」

「小緑……、うーん、あたしゃあ名前のことまで詳しくないが、何か謂《ゆわ》れのある名前ですか？」

「わしが前相撲《まえずもう》のときに名乗った四股名《しこな》でな」

「親方の出世名！　ありがたいじゃないか、ええー。おい、小緑、しっかりやれ」

「へい」


文化十二年の十二月、麹町十丁目にあります報恩寺《ほうおんじ》の境内の相撲の番付に、この人の名前が初めて載りまして、序の口裾から十四枚目に小緑常吉。で、翌十三年の二月、芝の西久保八幡の番付には、序の二段目、裾から二十四枚目まで出世をしてる。この間、百日経ってないンですけど、番付を六十何枚飛び越えたという、古今に珍しい出世の記録で……。文政の五年、蔵前八幡の大相撲に、この人が晴れて新入幕をいたしまして、小緑改め小柳長吉《こやなぎちょうきち》。初日、二日、三日と勝ち進みました。明四日目の取り組みをご披露いたしますという割ぶれの中に、「武隈には小柳」と言うのが出た。


さぁー、これを見まして師匠が喜んだ。

「おい、明日はわれが旧師匠・武隈関との割《わり》が出た。しっかり、働け！」

「へえっ、明日の相撲に滑りましては、板橋の旦那さんに会わせる顔がございりませせん。プッ、おのれ御飯の仇、武隈文右衛門（笑）。明日は一丁働いてご覧に入れます」

テンで、世の中に食い物の怨みぐらい恐ろしいことは無い。

明くる日の旧師匠との火の出るような立会いから、立派な勝負で勝ちを得ました。この勝負が、長州のお殿様の目に留まりました。早速お抱え力士と言うことになりまして、つまりスポンサーが大名ということで、これは、もう、大変なことで、長州のお殿様でございますから、名前も萩の名所・阿武《おう》の松原からとりまして、阿武松緑之助と改名をいたしました。その後、六代目の横綱を張る。腹っ減《ぺ》らしの若い者が出世をして、立派な横綱になったという阿武松緑之助・出世力士の一席でございます。

◆対談・落語家のトリヴィア　七

「名演落語について」

三遊亭兼好＆十郎ザエモン

十郎ザエモン　話は変わりますが、それぞれ一門に伝わる十八番の噺とかありますよね。まあ、たとえば、五代目古今亭志ん生の『火焔太鼓』とか、六代目圓生師匠だったら『庖丁』だとか、何かいろいろこう、その流派によって、どうしても演った方がいい演目、もしくは、その流派だからこその演目というのはありますけど、これも当然ほかの流派の人は、気を遣って手を出さないということはありますか。

兼好　まあ昔は、おそらく本当にやらなかったんですけど……。今はそう意味では、芸人も多いですし、わりとそういう意味では、いろいろなネタの交換もありますし。

十郎ザエモン　そんなに昔ほど、きゅうきゅうな感じではない。

兼好　ええ。また実際、現代はその一門のところに行かないと聴けないということではないので、この噺がいいなと思えばお願いしに行きますね。

十郎ザエモン　大正、昭和のころよりは、平成の世の中は結構おだやかですね。

兼好　はい、今は横のつながりも結構ありますんで、仲間内で真打ちになると、真打ち同士でネタ交換という形で、これも基本的には口伝で教わって、上げてもらう。

十郎ザエモン　上げるというと？

兼好　教わった師匠の前でやって、その師匠が「いいよ」と言うと「上げる」といって、初めてその人が高座で演じることができるということです。だからもう、本当に前座のころは厳しくて、「えー、隣の空き地に囲いができたね、へー」なんていうのでも、「じゃあ、いいよ」と言われるまでは、演ってはいけないということになっています。

十郎ザエモン　あと、講談から来るネタというのがありますね。そういうのって、最初はどうするんですか。

兼好　やっぱりそれは講談の先生に、「先生、こういう噺を落語にしたいんですけど」って話をして。「じゃあ、こんなんですよ」と……。あとはまあ自由に落語なりに変えて結構です——みたいな話にはなるんでしょうね。

十郎ザエモン　講談の場合は、師匠といわないんですね。先生と呼ぶんですね。

兼好　先生ですね、はい。余談ですが落語以外の芸種は全部先生。だから漫才も先生だし、手品も先生と呼ぶんです。

『野晒し』柳家花緑

2012年9月5日
新宿・紀伊国屋サザンシアター
協力：ミーアンドハーコーポレーション

パスワード　20120803

『野晒し』

怪談噺じみた描写がありますが、滅茶苦茶に楽しく笑える噺が、この「野ざらし」。

元々長い噺で、サゲまで演じられることは滅多になく、大概は釣の場面で釣針を外すところで終えられます。最後まで演じられることが少なくなったのは、オチのキーワードの「幇間（たいこ）」と「馬の骨」の関係性が、時代と共に分かり難くなったからだと思いますが、柳家花緑師匠にかかれば導入部分の「まくら」で親切丁寧に説明しています。ですので、本書の『野ざらし』は、花緑師が最後まできっちり演じたバージョンを収めました。但し、活字は「まくら」を省略していますので、音声配信で是非オチの理由をお確かめ下さい。

七代目立川談志、十代目柳家小三治といった「野ざらし」の名手が憧れた三代目春風亭柳好の明るさと、歌い調子の華やかさが、花緑師の芸にも伝わっていると感じさせます。

※音声配信の『野ざらし』は、２０１３年1月に発売したＤＶＤ「花緑ごのみつる／野ざらし／妾馬」（ＴＳＤＳ・７５５４１）の音声部分を二次使用したものです。予めご了承下さい。

『野晒し』　柳家花緑

「何だい？　八っぁん、おまえさん、また朝から馬鹿なご立腹だな」

「馬鹿なご立腹だ？　冗談言っちゃいけねえや、先生や。先生普段から、何て言ってるよ、『わしは聖人じゃから、婦人は好かんよ』なんてことを言ってますけどね、昨夜《ゆんべ》の娘、あれどっから引っ張り込んできたンだよう。佳《い》い女だったねぇー、年の頃なら十六、八だ」

「何を？」

「十六、八」

「それを言うなら、十六、七。あるいは、十七、八だろ、おまえ。十六、八じゃ、七《しち》が無いなあ」

「質《しち》は先月、流れちゃって。……何の話をしてンだよ。色の白いのを、とおりこしてね、ちょいっと、青味がかってましたけれどもねぇ。佳い女でしたね？　先生、あの女、どっから引っ張り込んで来たんだよ」

「わしに、そんな覚えは無いね。おまえは夢でも見たな」

「夢だぁ！　おっ、そういうこと言うのかい？　夢で無い証拠をご覧に入れましょうってンだい。後ろの壁を見てくれ、後ろの壁。夢でもって、壁にあんな大きな穴があくか?」

「えっ? 壁に穴をあけて……、うおぉ、これは大変《えらい》ものがあいてるな。……すると、おまえは何か、昨夜《ゆんべ》のあれをご覧《ろう》じたか?」

「えっへっへっへ、ご覧じたかって、こっちはご覧じ過ぎちゃってるよ。昨夜《ゆんべ》は一杯飲んでうたた寝だよ。夜中に寒いから、ひょいと目が覚めてみるってぇと、先生のところでヒソヒソ声。はて、先生は独り者、相手の居よう筈が無い。聞き耳を立ててみるってえと、女の声、レキだよ、ますます勘弁できねえ。それから、あっしはねえ、商売道具《しょうべぇ》の鑿《のみ》でもってガリガリッ、ガリガリって壁に穴ぁ、あけてねぇ。覗くと、……あの美女《おんな》でした。佳い女でしたねぇ? 先生、あれ、どっから引っ張り込んで来たんだよぅ? えっ、今のうちに白状しちめえなよ。……今なら罪は軽いぞ」

「弱ったね、こりゃどうも、ああ、ご覧になったならば、致し方が無いなあ。隠さずお話をしよう。実はな、八っぁん、昨夜《ゆんべ》の話をすると、少ーし長くはなるが、あの娘と言うのは、こういう訳だ」

「はぁ、そういう訳ですか」

「まだ、何にも話をしちゃいないよ。

おまえもご存知の如く、わしは釣り好きだ。いつもの様に釣竿を掲げ、向島へとやって来たが昨日は魔日《まび》というのか、雑魚《ざこ》一匹かからない。ああ、これは殺生をしてはならんと戒めと思うて、わしも諦め、釣竿を巻きにかかる。浅草弁天山で打ち出《いだ》す暮れ六つの鐘、陰にこもってものすごくも、……ボ〜ンンンン、……ウォボォ〜ンンンンン」

「……ちょっと、待って。何すか、一回消えてまた出て来るってぇ鐘は？　生まれて初めて聞きました。そんな陰気な話なんすか、これ。そんな陰気な話だったらねえ、聞き出そうとはしませんよ。あたしゃあ、怖がりですよ、えっ。夜、駄目なんですよ。そういう話聞いちゃったら、便所《はばかり》行けない性質《たち》なんですから、ねえ。鐘が鳴るなら、どうせね、鐘が鳴るでね、鐘がガゥワァンワァンワァンとかね、陽気にぶつけても話の先は変わらねえンでしょう？　そうしてやってくださいよ。駄目ですよ、あっしは、ほら、見掛け弱そうでしょう？　芯はもっと弱い。勘弁して」

「四方《よも》の山々雪溶けて、水嵩《みずかさ》増さる大川の上げ潮時と見えて、ザブーリザブリと岸辺を洗う水の音。辺りは薄暗くなってわし独り、風も無いのに片方《かたえ》の葦が、……カサカサ……カサカサ……と動いたかと思うと、中からすうーっと、出た！」

「わっと！　これは出ました！　これは失礼します」

「待ちない！」

「ちょっと、失礼します」

「待ちな！　待ちな！　待ちな！」

「うっちゃっといて」

「うっちゃっておけない。待ってってンだよぉう、おい！　今、おまえ、ここに置いておいたわたしの財布、懐《ふところ》へ入れたろう？」（笑）

「わたしが？　先生の財布、懐へ？　冗談言っちゃあ、いけませんよ。いくらあっしがねえ、そそっかしいからってね、他人《ひと》の財布を懐突っ込んで、我家《うち》へ帰えっちゃう、そういう人間と……財布《これ》は、何でしょう？」

「それだよ、おい。何だって、わたしの紙入れ、懐に突っ込んで駆け出そうとするんだ？」

「あたしゃぁどうもねぇ、驚くでしょう、まわり落っこってるものを拾いたくなる性質《たち》ですよ」

「変な性質《たち》だね、おまえはね。あっ、おまえだろ。この間、大家の家でもって、驚いた拍子に柱時計、懐に入れたってのぁ」

「いや～、時計《あれ》大きいから中々懐へ入らなかった」

「何だい、そりゃ」

「そんなことはどうだっていいんですよ。そのガサガサのパッて言いましたけど、何が出ましたかぁ？」

「烏《からす》が一羽出た」

「なんだ、烏ですか？　烏なら烏と言ってくださいよ。んなぁー、えー、ガサガサのパッて言うから、こっちは驚くンだ。なんだい烏かい？　畜生ー！　カラスが何だ！　表へ出ろ！」

「急に強いね、おまえはねえ。いやいや、これねぐらに帰るカラスにしてはだ、ちと、時刻も違うだろうと、わしも物好き、その場へ行って葦をかき分けて見る、するとそこに生々しい髑髏《どくろ》、屍《しかばね》があったな。

かく屍《かばね》を晒しておるというのは、不憫《ふびん》なものだ。成仏《うか》ぶことも出来ないと、懇《ねんご》ろに回向《えこう》をしてやった。上手くは無いが手向《たむ》けの句、

月浮かぶ水を手向けの隅田川、生者必滅会者定離《しょうしゃひつめつえしゃじょうり》、頓証菩提《とんしょうぼだい》、南無阿弥陀仏《なむあみだぶつ》、南無弥陀《なむみだ》仏《ぶつ》。

瓢箪《ふくべ》に飲み残りの酒があった。これをかけてやる。すると気のせいか、この骨《こつ》にホッと赤味がさしたような気がした。

ああ、良い功徳をしたなぁと、そのまま我家《うち》に帰ってごろり横になる。はて何時《なんどき》であろうか、ほとほとと訪ずるものがあるな。何者かと思うて見ると、微《かす》かな声で、

『……向島からまいりました……』

さては、あれ程回向してやったのが、かえって仇となり狐狸妖怪《こりようかい》の類でも誑《たぶ》かしにまいったな。年をとっても腕に年はとらせぬつもり、尾形清十郎、身に油断無く、長押《なげし》の槍

を小脇に抱《か》い込み、つかつかつかつかつかつかつか」

「ちょい、ちょい、ちょい、ちょい、先生、ちょっと話止めてもらっていいですか？　あのね、話の腰を折って悪いと思いますけどねえ、あっしは隣へ住んでますからね、この部屋《うち》に三回は一日に遊びに来てますよ。いっぺんだってね、この長押の槍、見たこと無い。今も無い。その槍はどっから持ってきた？」

「細かいね、おまえ。……槍が無かったから、箒《ほうき》を小脇に抱《か》い込み」

「はっはっは、箒ですか？　そんなことだろうと思いましたよ。調子に合わせて、「つかつかつかぁ」なんて言ってますけどね、この家はそんなに無い。我家《うち》と間取りが同じでしょ？「つかつ」って言うと、裏へ抜けちゃう」

「人の話は黙って聞こう。〝乱菊や　狐にもせよ　この姿〟。昨夜の娘がだ、音も無く、これへすうっーと入ってきたと思いなよ八っぁん。

『わたしは向島で、屍を晒しておりました者。あなたの句の徳によりまして、初めて成仏《うか》ぶことが出来ました。冥界《いく》ところに参られます。お礼に参じました。御御足《おみあし》なりでも、おさすりいたしましょう』

向島から来る者、素気無く帰すもなにとやら、肩を叩かせ、足をさすらせていたあの昨夜の娘と言うのは、そういう訳で、あれは、……この世の者《もん》じゃない」

「えっ！　この世の者じゃない……ということは……あの世の者？　娘《あれ》、幽霊《これ》？　幽《ゆう》ちゃん？　ヨオッ！　乙《おつ》だね！」

「おい、ちょっと待ちな、おまえ。乙だねって、相手は幽霊」

「幽霊ぃー、いいですよ。あんな佳い女だったらね、あたしゃ一晩みっちり話がしてみたいねえ。だってそうでしょ？　今ねえ、生きてたってねえ、化け物みていな女、そこらじゅうに居るんですからね」

「（客席を）指差すのは、止めなさい」

「ええー、とにかくね。そうでしょ？　だから、行きますよ。向島、行きますよ。行きゃあ、会えるんでしょ。その骨《こつ》は、ありますか？」

「う〜ん、分からない」

「分からないって！　また独り占めして。ケチ！」

「いやぁ、ケチとかじゃない。言ってみな、あるかも知れない」

「あー、行きますよ、行きますよ。で、何ですか、骨の来る間抜けの句ってぇの、教えてくださいよ。間抜けの句」

「間抜けの句じゃない……。手向けの句」

「あああ、そう。その句」

「月浮かぶ水を手向けの隅田川、生者必滅会者定離、頓証菩提、おいおい、何をしてんだよ？　そ、その竿は高い竿だから、持ってっちゃ駄目！　持っていくなら、そっちの竿を持ってきな」

「てやンでえ、借りてくよぉー」

てンで、いけないのを無理に抱《か》り込むってぇと、奴さん、途中で二、三合の酒を散財すると、竿を担いで向島、

「へっへっへっへ、冗談言っちゃいけねえや。〝年はとったが浮気は止まぬ、止まぬ筈だよ、先がねえ〟って言うけど、本当だね。釣れた、釣れたって、女の骨なんぞ釣ってやんだからねえ、隅に置けねえよ、あの爺《じじい》はね、本当にねえ。

えええええええええ〜、おうおうおうおう、何だよこれ。向島ってのは、こんなに皆で釣りをするとこなの、これ。えー、何これ、このざぁーっとこれ。おかしいよ、これ。これ皆でもって骨を釣ろうっての？　それは、困るねえ。こんなことされたら、おれの釣る骨無くなっちゃう。あんなとこ、かたまってやがって、畜生めぇ、本当に、えっ！　ようっ！　やいやいやいやい、この野郎ぉー！　骨は釣れるか？　骨はぁー？　コン野郎！　骨、骨ぅー！」

「……はぁ？　こつぅー？　いや、今、お魚釣ってます」

「何言ってんだ、この野郎ぉ！　分かってんだ、こん畜生めぇ、ええ！　新造《しんぞ》か、年増か、お乳母《んば》さんか、子守っ娘《こ》かー！　ううー、どんな女だぁーい？」

「……いやっ、知らない人です。さっきから一所懸命、あたしに語りがけてますが、ま

るで知らないんですよ、ええ。ああ、何か眼が血走っちゃってねえ。女のことを言いながら、土手の上を行ったり来たりくるくるまわってますよ。あれ、きっと昨夜嫁《ゆんべかみ》さんか何かに逃げられたンですよ。

あのねぇー、こっちは、今ねぇ、皆で仲良くお魚釣ってンですよぉー、お魚を」

「何を、この野郎ぅ！てめえ、魚釣る面か、てめえは。おまえ、首吊れ、首ぃ、この野郎。今、そこ行くぞ」

「あっ、来ちゃいますよ、これねえ。悪いのと口をきいてしまいました、こりゃ、どうもね。あ、こっち目掛けて降りてきますよ。ちょっと皆さんすみません、そちらへお膝送りを願いますよ」

「チャチャラカチャンチャン、チャチャラカチャンチャン、どっこいしょのしょ。何をしてやがんだ、こん畜生、逃げてやがらぁ。てめえたちに先釣られておいてね、『おやっ、左様でござんすか』って言ってるおあ兄ぃさんと、おあ兄ぃさんの出来がね、少ーしばかり違うんだよっとくらねぇ。

♪　あたしゃ、年増がぁぁぁぁぁぁ～ぁぁぁぁぁぁ～、好きなのよぉぉぉぉぉぉ～、うぅぅぅぅぅぅぅぅ～」

「湯に入ってるようだ、この人はね。釣りじゃないよ、これ。えっ？　皆さん、皆さん、見て見て、ちょっと、この人、面白い。餌を付けてない、餌を。くっくっく。面白い、お魚釣れませんから、教えてあげますから。

ちょいと、あなた、あなた。餌、つけないってとね、お魚、釣れっこござんせんよ」

「何よ、この野郎！　『餌ぁつけなくっちゃぁ、お魚、釣れっこござンせん』、てやんンでい、この野郎。連れっ子も、ままっ子もねえんだ。こうしてら、いいんだ、こうしてらな。

そのうち鐘がごぉ〜んと鳴るだろ。葦ががさがさって言いやがってな。鳥がぱっと出りゃあ、こっちのもんだい。

ヘッヘーイ、♪　鐘がゴンと鳴りゃサ、上げ潮ォ南さ、烏が飛びだしゃ、コラサノサ、エー、骨があると〜、サイサイサイっと来やがって、チャカチャチャン、なんてねぇ、チャカチャチャン」

「あなた何してるんですか？　そこで？　騒いでちゃ駄目でしょ。あのね、我々は朝から釣《や》ってますよ、ね。で、ここでね、静かぁーにお魚寄ってきたとこで、あなたが騒ぐとね、それを聞いて、皆、お魚が逃げちゃう」

「何だって？　魚が逃げる？　魚に耳があンのかよ、おめえ。あったら見せろ、ばーかっ！

♪　このまたぁ、骨にとさぁ〜、酒をば掛けりゃサ、骨が着物《べべ》着て、コリャサノサーェ、礼に来るとォ、サイサイサイって来やがって、チャカチャチャン、エへへへ、チャカチャカチャン」

「あなた、だからねえ、ほんとに止めてもらえませんか、それ。水をかきまわしちゃ、いけません、かき回しちゃ」

「うるせえなぁー、おめえも。かき回してねえや。水面下をペタペタペタってやってるだけ。おめえの国じゃ、なにか、こういうのかき回すって言うの？　こう言うのをっ！……かき回すってのは、おまえ、こぉうやって、やるの」

「ああー、……ほんとにかき回しちゃった、この人。今日はね、お魚、もう釣れませんね、これね。止めてね、面白れえから、皆でこの人観てましょう」

「でもね、昨夜《ゆんべ》先生のところに来た女。やっぱ、年が若すぎたね。女は、二十七、八、三十凸凹《でこぼこ》、乙な年増の骨がいいねぇ。やってきますよ、カラコンカラコンカラコンカラコン、『こんばんわ、わたし向島から来たの』

おうっ、骨じゃねえかぁ。いいからこっちへお上がりねえな。

『そんな上手いこと言ってさぁ、おまえさん何だよ、脇に角の生える女かなんか居るんじゃないのかい？』

そんなもの居るもんか、いいからこっちへお上がりねえなって言って、

『そお？』

なんてンでね、骨がツックク、ツックク、ツックク、ツッククって来て、あたしの脇へ

ペタッと座る」

「水溜《みずったま》に座っちゃったよ、おい。ビチョビチョだ、下半身《このへん》。あんまり頭、よかないねえ、この人はねぇ」

「『おまえさん、なんだよ、今わたしが若いから、若いからそんなさぁ、かまってくれるんだぁ。もう、年をとったら浮気をするだろ』

浮気なんぞをするもんか、おれ、おまえだけを可愛がる。

『そんな上手いこと言っちゃってさ、おまえさんのその口が憎らしいよぉ、本当に。おまえの口が憎らしいんだからさぁ。おまえの口が、憎らしい』」

「あいたたたたたぁ、痛いな、この野郎ぉ。他人《ひと》の頬っぺた抓《つね》るなよ、おまえ。妄想《そんな》ことは、てめえ独りでやってろよ」

「はっはっはぁ、妬くな」

「妬いてないよ、おれは。嫌だね、こいつは」

「『おまえさん、なんだよ、浮気をしたら、くすぐるよ』

おい、よしてくれよ。おれ、くすぐられるのが、大の苦手だから、

『だったら、くすぐっちゃうわよ』

なんてンでね。細くて白くて細長〜い、骨の柔らか〜い手が、おれの脇の下をコチョコチョって刺激するから、駄目だって、コチョコチョはほんとに。

『いいじゃない』

駄目だって、コチョコチョやめてって、ほんとうに、アハアアハ、アハアハ、アッーって……、あー」

「ご覧よ、魚釣らねえで、てめえの鼻釣っちゃったよ、あの人は。どうしましたぁ?」

「しゅいましぇ〜ん。誰が取ってくだしゃーい。しゅいましぇ〜ん。畜生、手ぇ叩いて笑ってやがる、皆で。いいよ、頼まねぇ、イテテ、これが駄目なんだ、これが、ビーンと来て。あああ、こうして、ここを……よいっとぉ！　あっ、取れた。痛て。血が出ちゃった、これなぁ。鼻から血が出て、馬鹿馬鹿しくて、鼻血《はなち》にならねえって、このこったなぁ。こんな針《もの》が付いてるから、こんなものは、捨てちゃえー！　さあー、来い！」

「針取っちゃった、あの人は」

「便器《おまる》が流れて来ましたよ。♪　便器《おまる》が流れてさ、便器《おまる》を引き寄せさ」

「おい、汚いよ、この人は。便器《おまる》を引き寄せてるよ」

「♪　中の水を、バァッー、こらさのさ。はっはっはっは、ざまあ見やがれ、皆で逃げだしたよ、えっー。

あれ?　忘れもんだよ、おい、えっ。隣の男、なんだよ、これ。弁当箱置いてった、入ってンのかな?　見ちゃおうかな、おっ、焼き豆腐を炊いたの、乙なもン食って釣なんぞしてやんだね。腹が減っちゃ戦が出来ねえっていうから、頂いちゃおう。……旨っ。何これ、乙なもン食ってやんな。こんな冷てえのに、美味しいわ。……もう一個食っちゃおう。こんな焼き豆腐なんか食ってると、女が来て言いますよ。

『おまえさん、豆腐《とうふ》の方から、よく来てくれたね』

なんてね。はっはっはっは。独りで言ってても恥ずかしいね、これね。言わなきゃよかった。

そのうちに鐘が鳴るよ、鐘がゴォォォォォォォォ～ン。鳴ってるよ、鳴ってるよ。ありがてえね。これでね、どっかの葦がガサガサって、ガサガサっていってね、烏がパッと出て、烏がパッ、パッと出た！　出たぁ～！　出たぁぁぁ、あっ！

……あ？　あれ、今、烏じゃなかったよ。椋鳥《むくどり》だ、あれ。駄目だ椋鳥じゃ、烏でないと。烏でしょ、ここでね。あっ、分かったよ。烏がねぇ、今日風邪っぴきで休んじゃったんだよ。『ムクちゃん、今日身体の具合が悪いの。ちょっと、代演に行ってくれる？』なんて、『よし来た、ムクムク』出てきたんだよ。何でも出てくれりゃいいんだよ。

♪　葦をかき分～けさっと、骨はぁ～どこっ

……あった、……あったよ。ほんとにあンだね……ありました、骨ですよ。……ここにも、あそこにも、ふたっつね。よかった、よかった。あー、三つ、そう。あぁ、四つですか、そう。あ、どうも、どうもね。あ、五つ、まさかね。あ、六つ。七つ、八つ、あれ？

ここは骨だらけだね、おい。あのねー、こんなにいっぺんに来られても長屋《うち》は狭いからね。入れませんよ。皆で相談して、コン中で佳い女が一人来るように、そういうことでお願いしますよ、ねっ？

先生はね、余りものの酒をふっ掛けたって。とんでもない、こっちは、その為にわざわざ買ってきたんだからね。そういうとこを贔屓目に頼むよ。皆漏れの無い様に、皆、皆、皆、はいはいはいはい。

おい、ここでもってね、骨の来る間抜けの句てのを言うから、聞いてくれよ。間抜けの句！　月浮かぶ、狸が出て来てこんばんわ、よく見たら柳家小さんでした。ポンポンポン、これでいいや、ね？

おれの住所《ところ》はね、浅草門跡様《もんぜきさま》のうしろ、八百屋の横丁を入って、角から三軒目。格障子《こしょうじ》にねぇ、丸に八の字としてあるからね。丸八って言えば、直ぐに分かるんだから。じゃあ、頼んだよ」

プイっ、居なくなっちゃう。一方その裏に、葦が沢山茂っている陰、屋根舟が一艘。中で客待ちをしてましたのが、幇間《ほうかん》、たいこ持ち。野幇間《のだいこ》っていう奴で、

「おやおやおやおや、言ったね、ぬかしたね、仰ったね。ヨゥヨゥヨゥ、ああいうところでご婦人と再会の約束なんざぁ、実にどうも、憎いねぇ。そこに出てって、ヨウヨウヨウってなこと言うとね、幾らかにはご祝儀出るかも知れませんけど、それじゃあ芸人の風

悪い奴に聞かれたもんで、
ヨウッ、夜分はそちらに伺いましょう」
三軒目、格障子に丸に八の字、丸八って言えばすぐに分からぁって言ってましたからね。
流が許さない。ちゃんと伺いましたよ、浅草門跡様のうしろ、八百屋の横丁入って角から

「先生ー、先生ー、今日、そっちに女が来たら、こっちまわしてね。今日、うちの番だよ、分かってる？

冗談じゃねえよなぁ、こんなに鐘がゴンゴンゴンゴン鳴ってるってのにさぁ。

はぁーぁ、……でもね、そのうち来るよ
『こんばんわ。待った？　あたし、骨。十八歳』

なんてね、来るよ。嬉しいね。『こんばんわ、こんばんわ』」

「（低い声で）え～、こんばんわ、こんばんわ」

「『こんばんわ』、……あ、あれえ～、……今の野太い声は、なぁーに？　我家《うち》の直ぐ目の前……、分かった。骨だよぉ、余程わたしを気に入ったと見えるね。今日から、あの人と暮らすンだって家財道具一切合財をね、風呂敷に包んで、背中に背負って、下っ腹に力をやると、どんなに佳い女だって、『（低い声で）こんばんわ』って言うンだよねぇー。嬉しくなっちゃったね。

おうっ、今日からね、おまえさんの家だよ、ここは。遠慮なく、そこを開けて、こっちへ入《へえ》っておくれ」

「へい、失礼いたします。こんばんわ。

おやおやおや、こりゃ結構なお宅でございますねえ。長押《なげし》落っこちにヤスデうじゃうじゃと来たね。〝国敗れて山河あり〟なんてありますけど、この御宅は〝障子破けて、桟ばかり〟ですね、どーもねえ。あっ、突き当たりは仏壇ですか？　まぁ、みかん箱の御仏壇でね、サザエの壷のお線香立てに、鮑っ貝の御灯明皿《おとうみょうざら》ってンで、江ノ島ですね、こりゃ本当に。あっ、天井がいいですねぇ。居ながらにして月見ができるなんてぇのは、実にどうも憎いね。貧乏しても、この世に風情あり。〝質の流れに、借金の山〟と来たねえ。

♪　いよぉ～、人を助《たす》くる身を持ちながらぁ～、あら、坊《ぼん》さんが、何故か夜明けに鐘を突く。おや、鳥が鳴く。あれまぁた木魚のポンポンポン、音がぁするぅ～。チリトッチンシャン」

「何だぁ、おまえは！　いきなり入ってきて、歌なんか歌ってやがって、何だ、おまえは！？」

「あっしですか、あっしは幇間《たいこ》です」

「幇間？　しまったぁ、さっきのは馬の骨だったぁ」

◆対談・落語家のトリヴィア　八
「そして、真打へ」

三遊亭兼好＆十郎ザエモン

十郎ザエモン　昇進関連の話として真打ち制度の変遷、一九七八年の落語協会分裂騒動。これはね、圓楽一門会にかなり関係の深いことですね。

兼好　はい。当時にはまだこの世界にいなかった私が説明するのは、いささかおこがましいとは思いますが、簡単にご説明しますと、当時ご存命だった六代目三遊亭圓生師匠、落語協会会長だった五代目柳家小さん師匠の、真打昇進に対する考え方の違いから起きたことなんです。その当時小さん師匠は、二ツ目があまりに増えてしまいすぎることを懸念して、「早くに真打ちにしてやれ」という意見を持っていましてね。ところが圓生師匠は、「実力が伴わないものは真打にしてはいけない」という考えを持っていたので、真っ向から対立したんです。これはどちらにも理があるんですが、小さん師匠は、「真打ちになったからって、それで食えるわけではなく、単なるスタートだ」として、当時の二ツ目さんを大量に真打昇進させました。これに怒った圓生師匠が、落語協会からとび出して創設したのが〝落語三遊協会〟です。そして、その圓生師匠が亡くなった後を引き継いだのが、先代の五代目三遊亭圓楽師匠で、団体名も多少の変遷がありつつも、圓楽師の他界ののちに〝五代目圓楽一門会〟としました。

十郎ザエモン　落語立川流は、その三遊協会設立から数年後に、今度は談志師匠が、小さん師匠の始めた真打ち昇進試験制度に対して疑問を投げかけ、協会を出て創設したんですね。

兼好　はい。まあでも、今の時代の我々から見ると、「どの道それがなくても、多少細分化していくものだろうな」ということは思いますね。今は、使っているツールも全然違ってきていますし、形はそのままでも、芸人一人一人も何かしらになっていくんだろうと、思うんですよ。たぶん、その団体とか一門とかではなくて、お客さん重視になってくるでしょう。

十郎ザエモン　現実には落語を聴ける場所もたっぷりありますし、それに、もうここまで時代が下ってくると、いわゆる噺家同志の敵対意識とかっていうのも、ないものなんでしょうね。

兼好　もうこれからの時代は、会に呼ばれないということは、自分がだめなんだという、もう理由が来るので、そこはもう個人個人が、頑張らなきゃいけない時代でしょうね。

十郎ザエモン　さて真打ち昇進についておうかがいします。兼好さんは、二ツ目で好二郎から真打ちになって兼好という名前を襲名したわけですがこれは初代ですか。

兼好　わたしは吉田兼好と合わせて二代目と言ってますが（笑）。

十郎ザエモン　そこで改名や襲名したりすることは通例ですよね。

兼好　そうですね。でも二ツ目のうちにばか売れした方なんかそのままということが多いですけど、そうでなければ名前を変えて、気持ちを新たにというのも多いですよね。

十郎ザエモン　真打ち的な名前というのがあるんですか？

兼好　そうですね。わたしなんか「別に変えなくても結構です」なんて言ったんですが、うちの師匠は、変えた方がいいって……。好兵衛、好右衛門、兼好、この三つからどうかと言われて……。

十郎ザエモン　はあ、どれもいいじゃないですか。

兼好　じゃあ兼好でという形になったんですよね。でもひどい人になると、もっとひどいのがありますからね。もういろいろあって、前座のうちは、それこそ名前で言えば、カエルだとかトンボだとか。

十郎ザエモン　動物の名前で。

兼好　はい、動物の名前がたくさんあって、外でその人を呼ぶと、「どこにそんな動物がいるんだ？」ってことがよくありますけどね。それがでも、この期間だけだと思いますから、例えばコウモリだの何だのって付けられようが、前座のうちだけだろうと……。これが二ツ目は、まだいいとして、真打ちになると、その名前はよっぽどでないと、変えないですからね。

十郎ザエモン　そう、その某師匠が新しい名前を考えると言っている間に、リミットが来ちゃって、そのままで……（笑）。

兼好　結局、真打ちになるという日に、名前が決まるのでは遅いんですよ。真打ち披露の時には、その披露目のための口上書きの印刷物や、手ぬぐいを染めたり、扇子を配ったりと、そこに新しい名前を、もう入れなきゃいけない。

十郎ザエモン　最低どれぐらい前にですか？

兼好　まあ遅くとも三カ前までですが、これはかなりギリギリですよね。やっぱり半年前くらいが、理想的なスケジュールだと思いますが。

十郎ザエモン　お祝いの昇進披露パーティーとか、経済的な負担もあるのでは？　それこそ、数百万円とか？

から。

兼好　まあ、そのぐらいにはなるんじゃないですか。呼ぶ人数にもよりますけども。お祝いといったって、いくら包んで下さるかも分からないですもんね。お客様の志だから……。だいたい結婚式ぐらいかなって来てくれるお客様と、香典ぐらいかなというお客様と、いろいろいるわけですから。

十郎ザエモン　うーん、香典じゃあ、かわいそうです。

兼好　いやいや、いろいろな人がいらっしゃるわけですから、それをうまく考えてやらなきゃいけないですね。結局、真打ち披露というのは、本当に披露というぐらいで、ある意味宣伝ですから。そのパーティーでプラスになるというわけにはいかなくて、仲間内やお世話になった人たちに対しての感謝の形ですとか、お礼とか、もろもろありますから。で、最終的に仲間内に、「おっ、こいつ一所懸命やってるじゃねえか、よし今度おれの落語会に呼ぼう」とか「じゃあ、こんな企画の落語会に、この人を呼んでみよう」と考えて下さるかもしれない方々に向けて「自分はこんな力を持っています、あるいはやっています」ということを、ある程度見せなきゃいけないんで、あんまり地味でもね。

十郎ザエモン　「こいつは、せこいな」って思われちゃったらだめなんですね。

兼好　そうですね。こいつは力があって「今、勢いに乗っているな」というのを見せるための場所でもありますから。そこは見栄の商売ですからね。何度も言いますように、これはもう宣伝ですからね。まあ、ほぼ、どなたでも、その披露のために借金をしていると思っていいです。

十郎ザエモン　なるほどね。

兼好　だからそれこそ真打ちに昇進します、それから披露目が終わりました、終わってからまたお礼状や何かも当然あるので、準備をし始めて真打ちになる半年前から、終わって半年後ぐらいまでが、要するに前座から真打ちになるまで十何年間、みんなに気を使えとか、何とか言われた、その集大成ですよね。自分が、えー、学んできたものをどれだけ見せられるかというのでね。

十郎ザエモン　十何年の成果を、そこで見せるということなんですね。

鯉昇　芝浜

『芝浜』瀧川鯉昇

2012年9月19日　神奈川県民ホール
第289回 県民ホール寄席　瀧川鯉昇独演会より
協力：ごらく茶屋

パスワード　20120919

『芝浜』

『芝浜』と言えば二〇〇七年年末に「芸術の神が舞い降りた」と評された七代目立川談志師匠の名演が記憶に新しく、長尺の大作に仕上げたのも談志師の功績です。

この噺は、戦後に三遊亭圓朝作と伝えられていた三題噺を、三代目桂三木助が改作したものが基本で、現在聴くことができる『芝浜』は三木助師の改作がベースとなっています。

芝の浜の風景描写とか、主人公の夫婦の人物描写とか、時間をかけて演じなければならない演目なので、感情注入たっぷり演じると一時間近い上演時間になりがちですが、本書に収めた瀧川鯉昇師匠の『芝浜』は、無駄を省き、ストレートな味わいのある寄席サイズに近い一席です。笑いのたっぷりある落語を演じることが多く、滑稽噺をさらに改作して笑いをとる鯉昇師の人情噺――感動的な夫婦の絆を、どうぞご堪能下さい。

※音声配信の『芝浜』は、２０１３年３月に発売したＤＶＤ「瀧川鯉昇落語集　蕎麦処ベートーベン／芝浜」（ＴＳＤＳ・７５５４３）の音声部分を二次使用したものです。予めご了承下さい。

『芝浜』　瀧川鯉昇

落語のほうの時代ですと、魚河岸、河岸というのが日本橋にございました。それ以外には、秋のお彼岸から春のお彼岸のあいだ、こりゃまぁ臨時でございますが、芝の浜に河岸がたったという話でございます。

まあ、そういうところに出入りをしております魚屋さんという、これが、江戸っ子を自認をしておりまして、威勢がいいというよりも、威勢しかない輩《やから》でございましてね（笑）。

「何がぁ？　ああん、いいんだよ。人間てなぁね、あくせくしたってしゃぁがねぇんだからさあ。いやぁー、こっちは、ちゃんと腕があるからねぇ、その気になって働いたらぁ、おめぇ家の一軒や二軒すぐに建つよぉー」

なんてンで、……その気にならないという（笑）、これがぁ江戸っ子だったようでございます。朝から一杯ぐぅとひっかけようなんてな輩、泣きを見るのはそこの家の女房《おかみ》さんでございまして、

「ちょっとよく寝てるね、このひと……。

起きておくれよ！」

「……何だよ、邪険な起こし方しやがってぇ、……火事かぁ？」

「火事じゃないよぉ。商《あきな》いへ行っておくれよ」

「何だよ、おい。いいよぉ」

「よかないよ。おまえさんが商いに行ってくれないと、うちはお釜の蓋《ふた》があかないんだよ」

「釜の蓋があかなきゃぁ、鍋の蓋でもあけときゃいいじゃねえか」

「お鍋の蓋だって、あかないよぅ」

「……じゃあ、水瓶の蓋」

「金魚じゃないんだからぁー、水ばかり飲んじゃ生きていかれないだろ？　おまえさん、昨夜何つった？　『おらぁ、明日ッから商いに行くから、今晩たらふく飲ませてくれ』って、酔っ払って寝ちまったんじゃないか。商い行っておくれよ」

「うんあー、おめえ、商え、商えって気安く言うけれども、幾日休んでいると思ってンだよ。客だって、おめえ、いつまでも人参牛蒡《にんじんごぼう》を食らってるわけじゃねえやぁ、もう脇からな魚屋が入《へえ》っちまってる。そんなとこ、おめえ、のこのこ顔出してみねえなぁ。『あ、勝っつぁんかい？　久しぶりじゃねえか、ええ。あー、今ンところ間に合ってるんでねえ。また縁があったらひとつ頼む』、あーさいでござんすかって、おめえ、尾っぽを巻いて帰《けえ》って来るのがオチだよ」

「あー、そうかい。じゃあ、おまえさん、その取られたお得意を取り戻す腕はもうない

「……」

「おーい、馬鹿なこと言うなよ。何を言いやがる、おめえ。腕じゃ、おれ誰にも負けやしねえやなぁ」

「だったら、商いへ行っておくれよ」

「商い、商いったって、ええ、もう半月がた休んじまってて、盤台《はんだい》なんざぁたががが弾けて、使い物になりゃしないだろう？」

「何を言ってんだよぉ。何年魚屋の女房やってると思ってンだい？　ちゃんと糸底《いとぞこ》に水が張ってありますから、一滴だって漏れやしませんよ」

「……あ、そう……、包丁」

「さすがにおまえさんだねぇ。飲んだ暮れていたけれど、ちゃんと手入れがしてあったからね。さっき出したら、獲れたての秋刀魚《さんま》みたいに青光りしていた」

「……うーん、草鞋《わらじ》」

「出てますよぉ」

「行き届くね、おまえがやることは（笑）。……商い行かなきゃしょうがねえのかよぉ。えーい、わかった、わかった。おうおうおう、しょうがねえから、おめえ、商え……」

「おまえさん、嫌々行かないでおくれよ。草鞋、新しいからいい心持ちで」

「何をくだらないこと言ってやらぁ、おめえ。草鞋が新しくっていい心持ちだったら、荒物屋の親父はのべついい心持ちじゃねえか、え？　ちょっと、煙草……、違うよ、おめえ。こっちは出商いだよ。腰へぶら下げたってしょうがねえだろ。えー、ちょっと貸しな、貸しな。こういうのはね、どんぶりのところにぃこうやって仕込んでおくのが一番いいんだい、えー。しょうがねえな、じゃあ、ちょいと行って来るか」

「おまえさんね、あの……、仕入れ、今日はこれで何とかしておくれ。明日からあたしのほうで、ちゃんと工面つけるからさ。……ああ、それからねえ、久しぶり行くンだから、お仲間と喧嘩なんかするんじゃないよ。気をつけて」

「ああ、分ってるよ。うるせえなあ、まったく……。

うわぁ、寒いね、おーい。まだぁ、近所の者は皆ぁ、寝てるじゃねえか、なあ。こんな暗いうちから起き出して、稼ぎに行かなくちゃいけねえってのは、……あわわぁっ、おおっと、脅かすなよ。横丁の赤犬だよ。おいおい、おれだよ。面《つら》忘れて、えー、へっへっ、尾っぽを振ってやがる。帰《けえ》って来たらな、また何か食わしてやるよ。

あー、なるほどね。横丁の赤犬に面を忘れられるほど、商え休んじまったンだからなぁ。まぁ、かかあが愚図愚図言うのもしょうがねえか……。魚屋も、まんざら悪い商売じゃねえけれどもね。生きのいい魚《ところ》をお得意に持ってって、『えー、旦那ね、いい鯒《こち》が入りましたんで、まっひとつ食《や》ってみてくんねえな。気に入らなかったらね、御代はいりません』なんて、生意気なことを言っちまってぇ、翌日顔出したら、『勝っつぁん、美味かったなぁ。やっぱりね、勝っつぁんじゃなきゃいけねえ。またな、ひとつ頼むぜ』、へい、さいでござんすか――と、いい心持ちで商いができる……おう、ああ、増上寺さんの鐘だぁ。金が混ざってるってぇからねぇー、いい響きだ。……お、おう、何だよ。河岸が未だ一軒も開いてない……。休みかよ、おい。何だよ、こっちは折角出て、……おおっ、……おかしいなぁ。大抵、お天道様が上がってくる……。お天道様に休みってのは、確か無ぇんだよなぁ。

（膝を打つ）かかあ、時を間違《まちげ》えて起こした……。冗談じゃねえなぁ。店が開いてる訳が、……何だい、これから家へ帰《けえ》って、かかあ、どやしつけたって、その足でまたここに戻らなきゃいけねえ。いいや、いいや、ちょいと浜で（時間を）つぶそう」

ってンで、担いでおりました盤台を逆さにいたしますと、そこにどっかと腰を下ろします。携帯用の火口《ほくち》という火がございますンで、これで一服点けようという……。

「あー、いいねえ、この潮の香りってぇのが、ええー。へっへっ、だんだん白んで……おうおうおう、帆掛け舟だよ。へぇー、おれより早起きをして稼いでいる野郎が居るんだぁ、うんうん。ずいぶん沈んでやがらぁ、大漁ってところだぁ。あー、お天道の色が変わって来やがった。あー、日の出の勢いって言うけれども、えれぇもんだな。

（手を合わせる）どうも、お天道さん、ええ、勝五郎でござんす。長えこと遊んでおりましたがね、また、商え出ることになりましたンで、ひとつ、よろしくお願いをいたしま

すンで。（手を二回叩く）
　不思議なもんだね。お天道様ってのは、雲の向こうから上がってくるはずなんだが、雲のこっち側にゆらゆらと……、不思議なもんだねぇ。波も休みが無えんだよ。何で波が立つんだろうって、へっ、話になったとき、仲間でくだらねえこと言ってた野郎が居たよ。『湯に入《へえ》って、向こうで桶でかき回す野郎がいると、こっちに波が立つ。してみりゃ、どこの国だが知らねえが、巨大《でけ》え桶でかき回しているに違えねえ』って、へへへ。
　……何だよ、ゆらゆら揺れて、……魚ぁ？　そうじゃねえな。紐のような、……ヨッ。（キセルを伸ばして、紐をひっかけて寄せる）。何だな、おい。ずいぶん汚ねえ……、革か？　あーあー、洗ったら使えるかも知れねえ。……何だよ、目方が、……ええっ、砂か何か拾いやがった……。（財布を懐に入れて、天秤棒を肩に担ぐ）

「（戸を叩く）おっかあ、おっかあ。おれだ、おれだ。開けろ、開けろ。おっかあ、おっかあ」

「ちょ、ちょいと、待って、待っておくれ。今、火を使ったンで、どんどん叩かないでおくれ。まだ、ご近所寝てるンだから、ちょ、ちょいと、待って（戸を開ける）」

「おっかあ、閉めろ、閉めろ。心張《しんば》り下ろせ。誰か、追っかけて来ないか？」

「まぁ、嫌だね、おまえさん。喧嘩して」

「喧嘩じゃねえんだ。こっち来い、こっちへ。おめえ今日な、時刻《とき》間違えて、おれ起こしたろ?」

「悪かったねぇ。いや、おまえさんが出かけて直ぐに気がついたンだよ。だけどおまえさん、足が速いだろ。追いつかなかったんだよ。堪忍しておくれ」

「いや、そりゃ、いいんだ。河岸行ったら、店が一軒も開いてないんだ。そりゃそうだ、早すぎるんだからよぉ、えー。家へ帰《けえ》ったってしょうがないと思って、浜で一服つけていた。そしたら、おまえ、帆掛け舟ぇ通る……、お天道様が、こう、上がって来やがった。ゆらゆら揺れてるもンがあるんだよ。何だと思ったら、真田紐《さなだひも》……。それ手繰り寄せたらな、……こんなのがくっ付いて来やがった」

「まぁ、嫌だね、この人はぁ、何でこんな汚いもん」

「だから、おまえ、中に銭が入《へえ》ってんだ」

「また、おまえさん、寝ぼけていたんじゃ……。こんな汚い、……あらっ、ずいぶん目方が、砂か何か拾ったんだろ? ……(中を見る)大変だよ、おまえさん。銭どころじゃない大金じゃないか。二分銀がぎっしり」

「おっ、いくらある? 数えてみな」

「いくらあるかって、おまえさん。ちょっと待っておくれ。あたしゃ、こんなお金《あし》、見たことがない。……てい、てい、てって……」

「何をしてンだい？　一体」
「お金《あし》が指にくっついてまた戻って来ンだよ」（笑）
「ちょっと、貸せ。貸せ。いいかぁ、金ってのは、こうやって数えるンだ。
えーい、ひとえひとえひとえひとえ、ふたえふたえふたえふたえ、みっちょみっちょ、
みっちょみっちょ、よっちょよっちょ……四十二両、ここにあるじゃねえか」
「大変だよ、おまえさん。ど、どうするの？」
「何をくだらねえこと言ってンだ。おれが拾って来たンだから、おれのものに違《ちげ》えが無《ね》
えだろ」
「そんなこと無いだろう。そういうものを拾ったらね、どこそこへ届けなくちゃいけな
い」
「何を言ってやンでぇ、馬鹿だね、おまえ。そりゃあね、往来で物を拾ったときの話
だ。こりゃおまえ、海の中に落ちていたんだよ。昔から海の中にあるものは、魚屋のもの
と相場が決まってンだよ」（笑）
「そんな馬鹿なことは無いだろう」
「何をいってやがる、おっかあ。ああ、ありがてえなぁ。おれにもやっと運が向いてき
たぜぇ。これだけあったら、当分、遊《あす》んでいて酒が飲めるじゃねえかよ。そうだよ、おっ
かぁ、酒っていやよう、何しろ商《あきね》え行かないもンだから、一杯やるッたって、長屋の留公

から熊公、みんなに御馳になって決まりの悪い思いをしていたんだよ。みんなに飲ませるからな、ちょっと、よ、呼んで来な」

「『呼んで来な』って、これから起きて商いへ行くんだよ。昼過ぎなきゃ、身体空きゃしないだろ」

「だったら、おめえな、とりあえず酒屋行って酒、酒買って来い」

「酒屋さんだって、まだ起きちゃいないだろ」

「ええ、何だよ、おい。……金があって、やることが無《ね》えって、情けないじゃねえかよ」

「おまえさん、夕べの飲み残しのお酒があるよ」

「え、……おれ、酒を残したぁ……、はあー、そうかい、情けねえ酒飲みになっちまったなぁー。持って来な、持って来な。湯飲み、湯飲みでいいからぁ、よしよしよし。これに注いで、あー、あのなあ、自棄《やけ》になって注ぐんじゃないよ。酒は米の水といって、こぼしたら勿体無いじゃねえか。……ウッ、ウッ、ウッ、……（舌鼓）、はぁー、えー、まだ、まだある？　そう。そんなに残したかい？　やあ、よしよしよし、何かちょっとつまむ、え？　ハゼの佃煮、はいはいはい。手皿でいいから、よしよしよし。……いい味じゃないか、……夕べ、これで、飲んでたかなぁ？　……はあ、おっかあ、美味《うめ》え酒だぜ。酒はやっぱり、こうやって飲まなきゃいけねえや。何がじゃないんだ、夕べなんざ、おめえ、明日ッから商いへ行かなきゃいけねえと思うと、飲んだってねえ、酒の行き場が無《ね》えンだ。夕べ飲んだ酒が、まだこの辺で固まってやがらぁ、ええー。こうやって祝いのいい酒が、今、腹のほうへつぅーッと……。夕べの酒と出会って、

『どうしました？　何か、ご機嫌でござんすね。何か、いいことが、あっ、左様でござんすか。おめでとうござんす』

だって、はっはっは、夕べの酒も一緒になって騒ぎ出しやがったぁ。はっはっは、あ、ありがたいなあ。……ウウ、え？　まだ？　ええ、そうかい。いや、いや、ちょっと横になるんでな、……そうじゃねえ、濡れた物を懐《ここ》へ仕込んで来たから、おまえ、下帯がぐっちょり濡れちまって、さらし持って来な、いや、あのな、昼過ぎたら、起こせよ……」

「おまえさん！」

「……あああー、何だよ？　邪険な起こし方しやがってまったく。ええー、火事か？」

「火事じゃないよ。商いへ行っておくれよ」

「なんだい、その商いってのは？」

「おまえさんが商いへ行ってくれないと、うちはお釜の蓋が開かないンだよ」

「お、お、おい、いい加減にしろ、おめえはぁー。何がお釜の蓋が……、おうおう、いいかい。釜の蓋なんてものは、昨日の大金《あぁいう》もので開けときゃいいんだよ」

「何だい、それ、昨日のアレって?」

「『何だい?』は無《ね》えだろ。昨日のアレがあるじゃねえかよ」

「だから、何だってぇの?」

「おい、あのなぁ、いくらおめえ夫婦だからって、少しはじくのは構わねえが、そっくり持ってっちゃうってのは、ひでえじゃないかよ。おれが昨日、芝の浜で拾ってきた四十二両あるだろう。それで釜の蓋でも、鍋の蓋でも、好きなように開けとけって、そう言ってンだよ」

「……おまえさんが、……昨日芝の浜で、四十二両拾って、……来た……? はぁー、情けないねえ。貧乏ばかりしていると、そんな夢しか見なくなっちまうのかねぇ?」

「おい、ちょいと待てよ。何が夢だよ。昨日おれは芝の浜に……」

「どこにも行ってないだろう」

「何言ってンだよ。し、芝の浜で四十二両……」

「しっかりしておくれ、おまえさん。どこに四十二両、そんなお金があるんだよ。そんな、そんなお金があったらね、あたしだって苦労なんざしない。しないよ。見ておくれ、あたしの服装《なり》を。浴衣、浴衣の洗いざらし、重ね着してンだよ」

「だ、だって、浴衣、着心地がいいって」

「夏の話だろ、それは」

「だって、昨日、おれは、芝……」

「どこにもおまえさん、出かけちゃいないよ」

「おいよせよ、だって、おまえ、昨日、昨日、おれ、起こして……」

「起こしたけど、おまえさん、起きなかったじゃないか。『うるせぇー！』って大きな声で怒鳴られて、あたしゃあねえ、叩かれるのも嫌だからうっちゃっておいたンだよ。そしたら、何だか知らないけど、むにゃむにゃ言いながら、また寝ちまったンじゃないか。昼過ぎに起きて来て、『おっかぁ、湯に行くから手拭をとれ』って、湯の帰りに何だい？　長屋の者、金さん、寅さん、大勢連れて戻って来て、『おっかぁ、酒だ。肴だ』って、あたしゃ一体何がはじまったのかと思ったじゃないか。おまえさんに恥をかかせちゃいけないと思ったからねぇ、あたしゃ方々行って頭を下げて工面をして来てンだよ。何がいいんだか知らないが、おまえさんひとりでニヤニヤニヤニヤ、『ああ、めでてぇ、めでてぇ』って、……どうしたんだい、おまえさん？　え？　おまえさん、酔っ払ってね、便所《はばかり》へ立つ、そンとき尻餅ついた。そのちゃぶ台、足が折れてるだろ」

「うっ……、憶えてるよ。おい、ちょっと、おっかぁ、待てよ。……芝の浜で四十二両拾ったってのは、夢だったのかよ、おい。それで、この飲み食いをしたのは、本当だって言うの（笑）？　そんなこたぁ無《ね》えだろう。いやぁ、あの芝……」

「どこにも出かけてないのに、どうやって拾ってくるんだよ」

「だって、おらぁ……、ああ、そうだよ。おらぁ、出たところで横丁の赤犬にいきなり吠えられた」

「のべつ吠えてるだろ、あれは」（笑）

「お天道様」

「毎日上がるじゃないかぁ」

「増上寺さんの鐘は」

「家に居たって聞こえるだろ。今鳴ってるよ」

「……ちょっと待ってくれ、おっかぁ。……あれ夢、……そんな……、夢。……夢か、あれぇ……、夢だぁ……。はぁー、おっかぁ、大変《えれ》えことをしちまったなぁ。金を拾った夢を見て、こんな散財しちまったのかよぉ。そう言やよ、子供《がき》の頃からこういうハッキリした夢を、ときどき見ることがあったんだがよ（笑）、……こんなに丼鉢が転がって、……こりゃ、とても勘定追っつくめえ、これなぁ。

駄目だな、おりゃぁな？　もう生きててもしょうがねえよ。おっかぁ、おれ、もう、死んじゃう」

「ちょ、ちょ、ちょっと待っておくれよ、おまえさん。死ぬ気で、死ぬ気でもって商いしておくれよ。ね、こ、こんな勘定ね、あたし四、五日のうちに何とでもしちまうよ」

「お、おまえ、この勘定、本当に、何とかしてくれる……、何とかしてくれるかい、おっかぁ。（手を合わせる）頼む。

……酒が、酒がいけねえンだい。悪い酒ばっかり飲んでるからよぅ。金拾ったなんて妙な夢を見ちまって、こんな……、おっかぁ、おれ、もう酒やめる。酒やめてなぁ、商い……。

酒をやめて商いたって、ああ、長えこと休んじまってるからなぁ。盤台なんざぁ、たががはじけて、そんなもんは使い物になりゃぁしないだろ？」

「糸底に水が張ってありますからね。一滴だって漏りゃしません」

「包丁？」

「ぴかぴかしてますよ」

「わ、草鞋は？」

「出てます」

「……夢にもこんなところがあったような気がするな（笑）。よし、おっかぁ、おれはこれから商いにいくから」

ってンで、これから勝五郎、人間がガラッと変わる——ということは、まず無いンだそうでございますがね（笑）。ああ、人間てぇのはそんなに簡単には変わらないンでございますが、まあまあ、それでも、かみさんに迷惑をかけた、悪いことをしたという思いがございますンで、一日、二日、一所懸命商いをいたします。もとより腕が無いわけじゃございませんので、離れておりましたお得意さんもひとり、ふたりと戻ってまいります。三日、四日と働いておりますと、「ああ、おれもその気になったらこんなもんだぁ」、「ああ、疲れた。今日は、うちへ帰って一杯飲《や》りてえ」など戻ってまいります。戸を開けるとなぜか、目の前に足の折れたちゃぶ台が転がっておりましてね（笑）。「ああ、そうか、おれはまだ飲んじゃいけねえンだ」という……、ま、お酒というのは癖のもんだそうでございまして、半月から、一月、一所懸命商いに精を出しておりますと、今度は商いのほうが面白くなるとやつでございまして、もう酒のことなんざすっかり忘れまして、一所懸命働きます。〝稼ぎに追いつく貧乏無し〟と巧いことが、言ってございます。

二年、三年目に差しかかりますと、裏通りでございますが、店を一軒構えようという、棒手振《ぼてふ》りという、出商いの魚屋さんが店を構えるという、大変な出世でございます。若い者も、三人ばかり使おうという、ちょうど三年目の大晦日でございまして、

「おおい、おっかぁ、今、帰《けえ》った」

「あらまぁ、おまえさん。ずいぶんゆっくりしていて」

「ゆっくりしたかぁねぇけれど、誰の思いも同じだなぁ。さっぱりと身ぎれいにして新年を迎えようってンで、湯屋、大混雑《こんな》になってんだよ。

おいおい、何だ？　おまえたち、直ぐあとを追ってくると思ったんだが、えー？　片付かない……。段取りが悪いから、おおーっと、その盤台を下から積み直せ。そうそう、

ああ、それからな、あらかた閉めて構わねえがな、表のところ一枚だけ戸を開けてな、かがり焚いて、……え、何ですか？　『何ですか？』じゃねえよ、おまえ。掛取《かけとり》だよ、え？　借金取りが大勢来るから、そこンところへぇー、ええ、な、何が？　来ない？　何が？」

「あの、掛取来ないンだよ。もうみんな済んじまって、こっちから取りに行くところがあるぐらいなんだよ」

「掛取り来ねえのか、今日は？　いや、景気づけだから、そうそう、かがりをそこへ焚いておけ。ああそれからな、ぐずぐずしてるとしまい湯なんぞはおめぇ、ほんとにドロドロになっちまうから、あー、とにかく方の付いたもんから順に順に」

「あー、おまえたちね、『順に順に』なんていってないで、三人揃って行っちまっておくれなぁ。包丁は自分のもンだからね、しっかりと片して置いておくれ。あと、あたしのほうで何とかする。それからね、さっき食べたお蕎麦の器、今日は忙しいからね、取りに来られやしないだよ。お金《あし》が入っているからね、ちょいと足をのばして持ってって……。お釣はね、小遣い……、取り合うンじゃないよ、馬鹿だね、おまえたちは（笑）。僅かなもン、明日になったらお年玉あげるんだよ。揃って行って……。

　おまえさん、上がらない？」

「い、い、いやぁ、上がるよ。てめえの家だ……。えー？　何か、馬鹿に家の中明るくなった……」

「おまえさんね、湯が長かったろ。頼んでおいた畳屋さんが、床ごと替えてってくれたんだよ」

「……あぁー、そうかい。畳かぁ、いい匂いだな。なるほどねえ、昔の人は巧えこと言ったよ。畳の新しいのと、女房《かかあ》、……女房《かかあ》は古いほうがいいって」（笑）

「何を言ってンだよぅ。座っておくれな」

「おっかあ、掛取りが来ねえって、それ間違《まちげ》え無《ね》えのか？」

「来《き》やしませんよ。こっちは済んでるンだけどねぇ、こっちからもらいに行くところが未だ何軒かあるけど、憶えがあるだろ、お互いのこったから……。春先にでもしようと思って」

「おう、そうしてやれえ。はっはっは、掛取りが来ねえ大晦日ってはじめてじゃねえか。……大変《ひで》え年《とし》があったなぁ。何しろ借金の言い訳が、一年の締めくくりってのが情けねえやな。

一番ひでえのが、あの三年前《めえ》だった。どうにもならねえ、ほうぼう行って頭下げたって、どうにも工面がつかねえンで、おれ家に帰《けえ》って来て、おまえに『どうしようか？』ったら、『何とかするから。じゃあ、おまえさん押入れにでも隠れていておくれ』って、おらぁ押入れで息ぃ殺して居たんだ。そうしたら、えれえもんだなぁ、おめえは。よく口がまわる。来る借金取り、掛取りを適当に言いくるめて、みんなを帰しちまったよ。さすがだと思って居たんだよ。

そしたら、おまえが『もう、いいよ』って、最後《しめ》に来たのが、ありゃ確かぁ米屋の番頭だ。あれが帰ったところで、『おまえさん、出てきておくれ』、おりゃおまえ、押入れから出て来た途端、あの番頭ぅ忘れ物して戻って来やがったンだ（笑）。

逃げてる間が無《ね》えやな。そうしたら、おめえが脇にあった大風呂敷、おれにパァッとかけて、風呂敷の中でガタガタガタガタ震えていた。そしたら、あの番頭の言い草が良かったじゃねえか。

『おかみさん、今日は大層冷えますねぇ。そこで風呂敷までもが震えてますよ』（笑）

だって、言いやがらぁ、はっはっは。決まり悪かったぜぇ。年が明けたって、米屋の前、大手を振って通れやしないやなぁ。

ああ、そうかい、そうかい。それが今日掛取りの心配が無い。いやあっはっはっは、ありがてえもンだなぁ。

おいおい、おっかぁ、何をガタガタやってやンだ？　ちょいと、茶を、茶を入れて、……え？　おう、おう、何だなぁ？　サラサラ音がして、……雨、えっ？」

「飾りの笹が、風に揺れてンのよ」

「あーあ、そうかい。降るわけねえやぁ、湯の帰り《けえ》に空を見上げたら、満天の星空だったからなぁ。いい正月がやって来るぜぇ。飲める者は楽しみだろうなぁ」

「……おまえさんも、飲みたいだろうねぇ？」

「おれかい？　いやぁー、フッフッフ、忘れた、忘れた。もうもう、酒なんぞぁ、忘れたい。酒ってのは、そんなものは日本にありましたか？　なんてなもンだい。ところがこの頃、茶に凝っちまったよ。ちょいと疲れたときは、渋いところを一服なんて、まぁ、んな思いになっちまって妙なもんだぞ。茶をこっちに持って来な」

「……あのねえ、おまえさん。今日、ちょっと、おまえさんに見てもらいたいものがあるんだよ」

「……ん、何でえ？　ええ、着物かい？　そりゃぁおめぇ、おれ見たって分かりゃぁしねぇ。いいじゃねえか、おまえは何を着ても似合うンだから。いいよ、いいよ。誂《あつら》えたらいいやなぁ」

「着物じゃないんだよ。それからね、おまえさん、あたしの話を聞いて途中で腹の立つこともあるだろうけど、最後まで聞いてもらいたいンだよ」

「……何だな、おい。あらたまりやがったなぁ、ええ。最後《しまい》まで話を聞きゃいい？　あー、何なんだい？」

「見て……もらいたい……ものって、これなの」

「おい、何だい、これぇ？　ずいぶん汚ねえ、財布？　はっはっは、考《かんげ》えたな、えー？　こんな汚ねえところに、世もへそくりはしてねえだろう――という、おめえの知恵か？

いいじゃねえか、うちもへそくりができるようになったら、天下泰平だ。好きなように、……えー、中ぁあらためろ？　止せよう。かかあのへそくりあらためる……、どうしても見てもらいたい？　そうかい？　……お、お、お、何だよ。ずいぶん目方があるじゃねえか、えー、おめえのへそくりってのが、へっへっへ。……うん（笑）、やりやがったねぇ、おーい（笑）。二分銀、三年の間にこれだけの……、はぁー、女は油断がならねえって言うけど、えー、数えてみろ？　おうおうおう、おめえの働きちょいと、見せてもらおうじゃねえか。粒が揃ってるじゃねえか、えー。……ひとえひとえひとえ、ふたえふたえ、ふたえふたえ、みっちょみっちょ、みっちょみっちょ、よっちょよっちょ、よっちょ……四十二両、あるじゃねえか」

「そうなんだよ。その革の財布と四十二両に、おまえさん、憶えは無いかい？」

「お、……（手を打つ）、あるな。うん、あれ三年前だったか？　あー、そうだ寒いときだったなぁ。こういう革の財布《せえふ》だよ。芝の浜でもって、こういうの拾って来て、中ァあらためたら、二分銀でもって四十二両入《へえ》ったそんな財布、拾って帰《けえ》ってきた夢を見たことがあったなぁ」（笑）

「……あれ、夢じゃなかったンだよ。おまえさん、本当に拾って来て……」

「てめえ、あのときに！（手を振り上げる）」

「ちょっと、ちょっと、最後《しまい》まで聞いてくれる約束だろ！

あれ拾って来たとき、おまえさんに『どうするんだい?』って言ったら、『拾ったんだから自分のもんだ。面白おかしく使っちまう』って、そう言ったろ? あたしゃあ、そんなことしちゃいけないンじゃないかと思って、おまえさんに飲み残しのお酒を飲《や》ってもらって寝たところで、この財布を持ってどうしていいかわからないから、長屋の路地を出たり入ったりしていたんだ。

そうしたら、大家さんに見つかっちまって、『どうした?』ってぇから、『実は勝五郎が、芝の浜でこういうものを拾って来ました。どうしましょう?』ったら、大家さんが『どうも、こうもあるもんか。他人様《よそ》のもんじゃないか、一分たりとも手をつけてみろ。勝五郎の身体は、ただじゃ済まない。三尺高い所で、仕置きを受ける』って言うだろぉ。『大家さん、どうしたらいいンですか?』、『とにかくこれはお上に届けなくちゃいけねえ。それはおれのほうでやっとくから、おまえは亭主、勝五郎を何とかしろ!』って、『何とかしろって、大家さん、どうしたらいいんですか?』ったら、『どうせ、酔っ払って寝ちまっているんだろうから、夢にでもしちまえ』って、そう言うンだよ。

だけどねえ、わたしゃぁ、おまえさん、巧く騙せるかどうか? 心許《こころもと》なかったよ。だけどこれ、夢にしなきゃぁ、収まりがつかないだろう? だから、おまえさんが何を言っても、あたしゃぁ、ありゃ夢だ、夢だ、夢だ、夢だ、夢だ、夢だって言ったら、おまえさん人が好いから、直ぐに信用してくれたろぅ(笑)。

あれから人がかわったように商いに精を出してくれて、あたしゃねぇ、おまえさん、騙し続けているンだよ。穏やかでいられた日は、一日だってありゃあしないよ。今日話そうか、明日このことをおまえさんに……、思っているうちに、月日がどんどん経っちまうだろ。雨が降ろうと、雪の中も、おまえさん毎日荷を担いで商いに行く。あたしゃ、その後姿に申し訳なくって、何度手を合わせたことか知れやしないんだ。

これねぇ、半年経ったときにさぁ、落とし主があらわれないってンで、お上のほうからお下げ渡しになったンだよ。そのときに話をすりゃよかったんだろうけれど、あのときはおまえさん、商いがちょうど面白いように……、毎日毎日出かけていく……、しそびれちまったンだよ。今日話そう、明日と思っているうちに、一年経って、二年が過ぎて、あたしゃもうねえ、おまえさんに、おまえさんにこの話をして、こうやって嘘を言ってるのが居た堪れなくなったンだよ。今日、おまえさんにこの話をして、おまえさんが腹を立てて打《ぶ》とうが蹴ろうが、もう好きなようにしてもらいたいと思って、肩の荷を下ろさせてもらおうと思ってさぁ、話をさせてもらってンだい。

情けないだろ? 長年連れ添った女房に、騙され続けて悔しいだろうねぇ。あたしゃぁ、もう、どうなっても構わないから、打《ぶ》つなと蹴るなと好きにしておくれ」

「……おっかぁ、ちょっと待ってくれ。……ちょいと待ってくれ。……偉《えれ》えなぁー、おめえはよう。思い出したっていうか、憶えてるよ。ぼんやり憶えてンだ。

そうだ、拾って来た、拾って来た。それがおめえが、『夢だ』、『夢だ』、『夢だ』ってぇから、おれも夢じゃねえかと思って……、はぁー、おっかぁ、おめえの言う通りだ。あんときは、おれもそんなものは面白おかしく使っちまうつもりだった。僅かばかりの金じゃねえか、直ぐに無くなっちまって、それで済みやいいやぁ、こんなことが、おめえ、そのままになる訳が無え、お上の耳に届いて、そりゃおめえ、三尺高《たけ》えところで仕置きを受けるかどうか分らねえが、おめえ、よくって〝島流し〟だ。

三年経って、おれ、島から帰《けえ》って来たって、おめえには、もう愛想を尽かされて、どっかへ行っちまって居やしねえだろ。おれは島から出て、他人様《よそ》の軒下で、薦《こも》に包まってガタガタガタガタ震えていなきゃぁいけねえところだったたぁ。

偉《えれ》えな、おっかぁ。よく騙し続けてくれたなぁ」

「おまえさん、打《ぶ》たないの？」

「馬鹿なことを言うなよ、ええ？　おまえに手なんぞ上げたら、罰があたるじゃないか。おれ、おめえに礼言ってるンだぜ、おっかぁ。……ありがとう」

「……ありがたいねぇ。堪忍してくれるのかい？　あー、嬉しいよ。おまえさんねえ、あたしゃこの話をして、別におまえさんに気分を直してもらうというわけじゃないんだ。だけど、今ちょっと仕度をしてあるンだよ。……どうだい？　三年ぶりに、飲《や》ってくれるかい？」

「ちょっと待ってくれ、おい。こっちの話は分った、えー？　何それ、三年ぶりに、な、な、えっ？　酒の仕度をしてたのか、今、そこでぇ？　あーあー、そうかえ。いいや、おれもさっきから、「これ畳だけの匂いじゃねえなぁ」と、思ってはいたんだけどもよう（笑）。

おい、ちょっと、待ってくれ、待ってくれ。こういうことは、おめえ、ハッキリしておかなくちゃいけねえ。いいかい？　おれが、『飲ませろ』と言ったんじゃねえンだぞ（笑）。ね？　おまえのほうから『飲め』ってぇ、間違えねえか？　ああ、そうかい。いやぁー、これだけ世話になった女房《かかあ》に、『飲め』と言われて、まさか断るわけにもいかねえやなぁ（笑）。おうおう、御馳になろうじゃねえか。

……あー、ありがてえなぁ。おれの好きな肴をよくこうやってあつらえて、えー、やっぱり女房《かかあ》は古くなくちゃいけねえってぇが、その通りだ。

おお、湯飲み、湯飲み持って来い、おお、よしよし。じゃあ、これひとつ、自棄《やけ》になって注ぐなよ。酒は米の水と言って、こぼしたら勿体無い。……何か三年前に、おめえに言ったような気がすンだけど（笑）。

よしよしよしよしと、ええ、はっはっは、久しぶりだったねえ、おい（笑）。達者でいたのか？　おめえのことをもね、思い出すこともあったんだけどもさぁ。いや、女房《かかあ》がなぁ、またおめえと仲良くするようにってンだよー（笑）。はっはっは、ありがてえや、えい。付き合いしてもらおうぜい。

ああ、おっかぁ、本当にいいのかい？　今ならまだ間に合うよ、いい？　ああそうかい、こりゃありがてえや。はっはっ、はっはっ、……うーん。止《よ》そう。また夢になるといけねえ……」

◆対談・落語家のトリヴィア　九

「落語家って幸せですか？」

三遊亭兼好＆十郎ザエモン

十郎ザエモン　ざっくり聞きますが、落語家は幸せですか？　というのは最近、ほら就職できずに「落語家にでもなろう」などという人が増えているとか。

兼好　そうですね。落語家になって挫折して、他の就職をするときの経歴に、落語家は不利ですよ（笑）。でもこれはあんまり教えたくはないんですけど、いい商売ですからね、本当に幸せですよ。まあ貧乏をしたり、人によってはばかにする人もいますし、一番体が元気なときにまだ認められなかったり、若造扱いされたりとかあって、まあ辛いことはたくさんあるんですけどね。それにしても我々が何かしゃべって失敗して、お客さんが死ぬことはないし、基本的には喜んで帰ってくれるものですしね。もう自分で好きなことをやって、最終的に頭を下げて帰るときにお客さんに、「今日は楽しかったよ」とか言われれば気持ちいいですしね。これはね、いい商売ですよ。あとは人のせいにしないというのがいい。

十郎ザエモン　なるほど。責任は全部自分がとる。

兼好　うけないときに、「噺が面白くないから」って言えない。同じ噺で先輩方はうけてるわけですから。結局自分が悪いということで、腹が立ってもストレスはない。だから本当は教えたくない商売（笑）。だから悪いことをするんだったら、噺家になった方がいいです。みんなこっちに来なさい（笑）。

落語三昧！
古典落語／名作・名演・トリヴィア集

2015年12月18日　初版第一刷発行

著者／
柳亭市馬
瀧川鯉昇
柳家花緑
古今亭菊之丞
三遊亭兼好
古今亭文菊

カバー・本文イラスト／雲田はるこ
デザイン／ニシヤマ ツヨシ

協力／
道楽亭 Ryu's Bar
横浜にぎわい座
ミーアンドハーコーポレーション
ごらく茶屋
柳亭市馬事務所　オフィス・エムズ
対談構成／十郎ザエモン
まえがき・演目解説・落語構成／加藤威史（竹書房）

編集人／加藤威史

発行人／後藤明信
発行所／株式会社竹書房
〒102-0072 東京都千代田区飯田橋2-7-3
03-3264-1576（代表）03-3234-6224（編集）
URL http://www.takeshobo.co.jp
印刷所／凸版印刷株式会社

※本作特典のＱＲコードによる音声配信は、2017年5月末日で配信終了を予定しております。予めご了承下さい。
ISBN978-4-8019-0570-2 C0076
Printed in JAPAN